U0066967

愛

隔

離

安塔 Anta、葉櫻、澤北、語雨 合著

天空數位圖書出版

目錄

愛 隔離

目錄

澤北

語雨

隔空談

4-1

作者：安塔 Anta

一下車，眼前的一切，有點像幻覺卻又是那麼的真實，要怎麼確認自己來到一個不熟悉的地方，從火車上下車後，徐子杰離開月台，在某一處站著不動，然後看著每個人像是深怕錯過車子般那樣，快速的往前走，似乎每個人都害怕自己成為了落單者，沒有人會想走得慢一些，一旦慢下來，就會看到有人舉起手，看一看戴在手上的手錶。

在這個地方，看得到每個人都一下子離得很近，可是一下又會很快的離開了原本的地方，在台北車站，看著人來人往的人流，徐子杰低頭看了一下自己的腳，知道自己的腳現在站著的這塊土地，是他未來的生存地，雖然不知道在這個地方可以待多久，但至少會待個一陣子吧，他獨自對話，這裡的人會不會也有人跟他一樣，都在獨自對話，因為不容易看到有人停下腳步在交談。

不知道隔了多久時間，徐子杰才看向一直陪伴著他的那一個行李箱，還有他的後背包，拎起後背包往肩上一背，再拉起行李箱，這個緩慢的動作，大概在台北車站也是少見的了，徐子杰心中並不明白，為什麼這裡的人要這麼趕，難道說，走得快，

也表示一種愉悅感嗎，就像是賽車比賽那樣，沒有人會想要走在最後面。

走在車站裡，他一直能感受到後面有人一直想要超越他，這種迫切的壓迫感，他只能有點無奈，一路走到了捷運站，人流似乎也沒怎麼樣減少過，而且還得排隊等捷運·看著每節車廂都有人排著隊，徐子杰大概猜測，往後可能都得排隊過日子了。

而當捷運一到，大家一窩蜂的進到車廂裡，深怕自己搶不到位置似的·因為還不習慣這樣的速度·徐子杰在人群中，顯得有些笨拙，在捷運發出聲響，提示要關門的那時，突然又有個人匆忙地奔向車廂內，正好撞上徐子杰的右側，因為車廂太過擁擠，徐子杰只聽見從後方發出抱歉這兩個字的聲音，並無法辨認究竟是誰撞上他。

後來捷運一關門，徐子杰偷偷看了一下在他身邊的人，每個人靠得這麼近，突然讓他會覺得有點噁心，也發現車上的人那種淡定的臉孔，肯定跟他此時此刻不自在的表情，差異很大，想必大家會知道他是個剛從外地來的人。

　　在捷運上悶了一陣子，有感覺到車廂內的人流慢慢變少，而徐子杰也到了他要下車的地方，一下捷運，他才感受到其實這裡還是有乾淨空氣的啊，帶著剛從一個悶爐走出後的心情，到外面呼吸新鮮的空氣，突然變得很不容易。

　　下車後的途中，徐子杰接到一位陌生來電，電話那頭的聲音，像是約五十幾歲的男人傳過來。

　　「是徐先生嗎？你好，我已經到了。」

　　「喔，對，我是。」

　　「你到哪邊了？知道這裡怎麼走嗎？」

　　「我在走過去的路上了，我快到了。」

　　「好。」

　　知道是房東打來的電話，自從在上火車後就沒有人跟徐子杰講過話，如果把那個撞到他的人除外，那麼房東就是這個地方第一個跟他說話的人。

　　聽到房東的聲音，知道房東已經到了，因為不好意思讓對方等待的關係，徐子杰才有了加快速度的步伐。離開了捷運站，走進巷子，窄窄的巷子，

似乎多了一些神秘感，但對一個外地人來說，會有點害怕迷路。

　　過了三個彎之後，徐子杰便看到有一位男子已經站在門口，還沒走近打招呼，猜測這應該就是房東了吧，再走近一些，看得再清楚一點，從外表看起來，徐子杰確認對方是五十幾歲的男人，正當打算舉起手打招呼時，那男子便向他招手，示意跟徐子杰問好。

　　「剛大學畢業吧？來台北找工作嗎？」

　　「嗯，我是徐先生，你就是房東嗎？」

　　徐子杰心想房東怎麼還沒跟他確認他是誰，就馬上這樣問，有點讓人不知所措，但另一方面，又感覺房東似乎是一位親切的阿伯。

　　徐子杰看著房東手上還拿著菸，似乎打算想將菸抽完再帶他上樓看房間，房東有一點啤酒肚，想必是愛喝啤酒的人吧，皮膚曬得有些黑，不算白，眼神中有一種堅毅的神態，如果沒有跟房東講過話，可能會讓人覺得他有一點難相處吧。

「行李就這些而已嗎？」房東一邊說，一邊看著徐子杰身邊的行李箱跟背上的背包。

「嗯！哈哈。」徐子杰也不太明白該回應些什麼，只是傻笑了一下，況且眼前這個人，只跟他剛認識而已，相處時間也還不到半小時。

房東把煙蒂丟進附近的水溝蓋裡之後，便帶著徐子杰上樓，到了二樓，便跟徐子杰說，以後這裡就是你的了，你想怎麼搞，隨便你，但是不要每天帶不一樣的女生回家就好，說完後便將鑰匙給了徐子杰，就離開了。

剩下徐子杰待在空蕩蕩的房間裡，突然覺得原來這裡蠻安靜的，再想起房東說的話，已經是過了兩個小時後了，雖然沒有辦法知道房東想要表達什麼，感覺上房東一定覺得自己看起來很笨拙吧，所以才會說那樣的話，徐子杰心想難道房東是在嘲笑他嗎？不管如何，不過至少房東可以算是一個有趣的人吧。

連續一個禮拜的時間，徐子杰並沒有很認真的投遞履歷，心想著應該先熟悉一下這裡的環境，再

來說吧，他一向並不是一個積極的人，甚至並不覺得為什麼要積極，如果生活中都不積極，那又有什麼關係，還不是可以好好的生活嗎，徐子杰用慵懶的步調，穿梭在這座城市，顯得有些突兀。

　　第二個禮拜，徐子杰開始上網投遞履歷，在找工作之餘，還是會騎著腳踏車，在外面繞來繞去，看到有趣的店家，他會停下來，走進去看一看，在沿著某條巷子，隨便繞的時候，他看到一間寫著街角咖啡的獨立咖啡店，便停了下來，馬上有了一定要在這裡喝一杯咖啡的想法。

愛隔離

隔空談

4-2

作者：安塔 Anta

　　剛進門，徐子杰馬上到櫃檯點了一杯咖啡，帶著愉快的心情，走到一個可以看到吧台又可以看見整間店的位置，四周環顧了一下，感覺到不論是員工或是客人，大家似乎都非常安靜，就算是同桌有兩位客人，也不怎麼聊天，總覺得有些奇怪，讓他不覺得自己是在這座城市裡，因為與外面的樣子差太多了，外面那樣的吵雜喧鬧，人們激動的談話還有猙獰的面貌，竟一瞬間能夠飛快地消失。

　　咖啡的香氣在嘴裡散發出來，口感有點酸，想是訴說著人的一生不就是這樣嗎？不會每一個時刻都是那麼甜的，徐子杰獨自坐在店內一角，一下看著窗外的人們，一下看著店內的員工又或者是客人，然而，再看看自己，想著自己跟這些人有沒有什麼不同。

　　既然自己成績不是那麼優異，又不是特別有什麼想法，想著自己還有什麼可以跟眼前的人做比較的？而想到這裡，徐子杰又想到，為什麼人總要做比較？

　　才突然覺得自己，最好的優點是獨自待在一角，觀察這世界的樣子，會發現這世界是美麗的，只要自己不是以某種立場來看。

　　當徐子杰想到這些的同時，並不覺得自己喝了不甜的咖啡就會是苦澀的人生，反而是這杯咖啡在提醒著自己，這些酸味是陪伴自己的一個重要的朋友。

　　回家後徐子杰知道他的朋友在這裡之後，上網找了這間咖啡店的資訊，投遞了履歷，在一個禮拜後正式上班。

　　「一杯卡布奇諾。」看了徐子杰一眼後，周彤雙手忙著找錢包。

　　這禮拜是徐子杰上班開始的第一個禮拜六，下午來了一位很有精神的女生，至少從她的聲音聽起來，讓人感覺清亮。

　　「卡布奇諾好了。」徐子杰說。

　　「謝謝。」周彤離開後走到徐子杰第一次來這裡的位置坐下。

 隔離

　　「不好意思。」從櫃檯傳來聲音，徐子杰看到
有客人要點餐，幫客人點完餐後，才回過神。

　　往周彤的位置看過去，想到剛剛自己不知道盯
著人家看了多久，心中想著應該沒有被其他人發現
吧，於是驚慌的左右看了一下，她也是喜歡自己坐
在那個地方嗎？想著那位置肯定很多人喜歡吧，然
後繼續忙著店裡的事了。

　　下班後的路上，徐子杰腳踩著腳踏車的踏板，
穿梭在每條巷子裡，他感覺今天的腳似乎比較有力
氣，踏板變得輕盈，路邊的店家及人們也變得充滿
朝氣，晚上的燈光原來是這麼的明亮，一直以來都
是這樣的嗎？

　　一路騎到等紅綠燈的街道，停下來時，他看著
過馬路的人，腦中突然散過今天那個女生的畫面，
感到有點慌張，但為什麼要慌張，卻說不上原因，
一到綠燈，趕緊踩著腳踏板，一路飛奔回家。

　　開始有點習慣了店裡與外面世界的差異，在店
裡還是鮮少有人會大聲談話，看起來大家似乎也會

想要找一個地方待著，然後告訴身邊的人，禁止打擾。

擦桌椅，將杯子擺放整齊，整理餐具，徐子杰漸漸習慣了這個空間帶給他的美好，店內除了徐子杰以外還有另一位同事。

「你忙完了嗎？可以幫我一下嗎？」同事叫徐子杰，希望他能夠幫忙將咖啡豆分類裝進玻璃瓶裡。

「你幫我把這些豆子分一下。」

「好。」

這位同事約三十幾歲，跟徐子杰一樣話也不多，所以兩個人的話題大概常常就是這麼簡短而已。

到了第二個週六下午，徐子杰擦完桌子後，將桌上的杯子拿起，轉身要離開時，看到周彤已經坐在那個位置上了，他並沒有停留多久，趕緊走回櫃檯，緊張得感覺手中的杯子都像在晃動，馬上到洗手台洗杯子。

「呃......那個你洗好了嗎？」同事看到徐子杰來來回回重複手中的動作，走到一旁跟他這麼說。

而徐子杰看了同事一眼，那個眼神疑惑的像是在說：「怎麼了嗎？」，但他沒有說出口。

「你已經洗了很久了，這個杯子特別髒嗎？」同事不知道他發生什麼事了，覺得有些奇怪。

「好了，好了。」徐子杰並不確定自己洗了多久，感覺自己只聽得見脈搏的聲音，特別的大聲，特別的清晰，清晰到擔心著周彤是否也會聽見。

並不確定是否店裡的每位客人都是常客，畢竟目前只知道周彤已經連續兩個禮拜六都來店裡了，徐子杰很想問問同事周彤是不是每個禮拜都會來，但又怕同事會有什麼誤會，所以心想還是算了。

她今天依然一樣，不曾變過，我真開心，她的選擇，因為跟我的選擇一樣，我們是一樣的，喜歡同一個位置，至少我知道這一點就夠了。

晚上睡覺前徐子杰在他的日記本裡寫著。

在第三個禮拜六，徐子杰從中午開始等，他很討厭自己會有期待，但卻希望這個期待能夠一直實現。中午過後，他已經發現整個下午的脈搏跳動的頻率，跟平常有多不同。

當客人來來回回的同時，他一有空就看一下時鐘，再看一下那個位置，還是空的，他又看一下同事，很想問問同事，今天有看到她來過了嗎，還是說今天外帶了，卻還是沒有開口。

一直下班前，徐子杰都沒有看見周彤，他想，只來了這兩個禮拜而已嗎？之後還會來嗎？回家後再拿出日記寫下：

如果妳只出現這兩次，我也很感謝妳的出現，可是，還能夠再多一點嗎？

泡咖啡的手勢，快速的整理店內，徐子杰在店裡也差不多待了一個月了，也越來越適應這個空間還有這裡的客人。

禮拜六下午推開門的人，是她，然後還有另一位女生。

「兩杯卡布奇諾。」周彤的聲音還是很清亮。

周彤跟她的朋友一樣是坐在那個位置，她們小聲的談話，聊得很起勁，笑得很開心。徐子杰在工作空檔時，眼神總會看向那個位置，他心想，還好

愛 隔離

櫃檯的位置往前看就可以看到整間店，所以無論他在櫃檯站在多久，也不會尷尬。

隔空談

4-3

作者：安塔 Anta

　　此時，他多希望時間就這樣暫停在這一刻，他就可以一直安心地看著她，可以不用擔心，可以不用期待下個禮拜還會看見她嗎？現在對徐子杰來說，與周彤的距離是多麼的近，可是一旦周彤從這個門離開了，誰知道下一次見面會是什麼時候，或者周彤還會待在這座城市嗎？這個未知數，突然令徐子杰又擔心了起來，心不在焉地幫客人沖泡咖啡。

　　明明現在是一個科技發達的時代，一句可以跟妳交換 line 嗎？這麼簡單的話，也許就有多一點機會，至少可以不用擔心周彤會不會突然地消失了。徐子杰在心裡想著，一直到周彤與朋友起身離開店內，這一段與周彤交換聯繫方式的模式，也只是一直在徐子杰心中演練而已。

　　直接走到周彤的位置。跟她說「您好，可以跟你交換 line 嗎？我叫徐子杰，很高興認識妳。」徐子杰想著這麼帥氣的開口，應該很難被拒絕吧。

　　或者是像這樣的，在咖啡杯上貼上一張小紙條，上面寫著「希望可以認識妳，我叫徐子杰。」如果周彤看到，她應該會抬頭望向櫃檯，我馬上做出最帥氣的回應對她眨眨眼，之後再上前要聯繫方式。

徐子杰心想「我能想到這樣的方式也太厲害了」，不自覺地在臉上露出滿意的笑容。

周彤與朋友互看了一眼尷尬地笑了笑。

如果她是這樣的反應，我又該怎麼接下去？徐子杰站在櫃檯前若有所思，想到第一個模式，周彤會有什麼反應。

她無視那張紙條，連頭也沒有抬起看我一下，與朋友說了這張紙條後，把紙條揉掉，離開時順手把紙條丟進垃圾桶。第二個模式假設真的是這樣，我該怎麼繼續有所期待？

徐子杰困擾著，站在櫃檯的他一下皺眉，一下笑著，若有人注意到他這樣的狀況，想必會感到相當怪異吧。

就在徐子杰來來回回幫客人點餐送餐，泡咖啡或是清洗杯子的次數漸漸增加時，時間早已流逝掉不少。而熟悉又重複的動作，早已讓他不必一邊動腦思索，下一步該怎麼做，也因為這樣，讓他的腦中有了更多的空間可以運作，不過，這樣的運作，似乎讓他更不知所措。

　　隨著腦中想著更多方式的演練，卻也多了更多的與周彤尷尬的互動，他現在多想要逃離那個令他感到不堪的自己。他如此困惑不解，似乎像漁夫著急地尋找可以靠岸的港邊，或是與媽媽走散的小男孩，著急著尋找回家的路。無論是港邊或是回家的路，最美好的不外乎是找到與周彤的聯繫方式。

　　專注在這件事情上的徐子杰，也許最該留意與思考的並不是這些，只是他並不曉得，更可貴的是，行動還有時間，有時候，時間與堅定地下決心往往來得比等待更是珍貴。

　　眼看下午的時間來到五點多，徐子杰並沒有實行他費盡心思所演練的。

　　周彤與朋友自從來到店裡差不多兩個多小時了，這時她們起身，兩人同時起身的動作，誰都知道她們準備要離開這裡了。

　　當然在這兩個小時多，徐子杰的視線都特別留意那裡，他當然知道，她們起身了，這會是他的機會嗎？還是再等到他與周彤下次不知道是什麼時候的見面。

　　周彤與朋友整理好自己的包包，慢慢地往櫃檯的方向走去，沒有任何猶豫地與朋友走到了門口，周彤打開門離開，門輕輕的關上了。這一瞬間，整個空氣像凝結了，時間在這個時候似乎暫停了，徐子杰異常的冷靜，直愣愣地站在原地，就好像沒有發生任何事一樣，包括周彤已經離開店裡這一件事，他只想假裝不知道，甚至是他根本不想知道。

　　他不知道他為什麼沒有像他腦中所演練的那樣，他告訴自己，就算會尷尬，至少我試過了，可是我怎麼如此弱懦，僅剩的一點點勇氣也沒有？他該跑出去嗎？現在就跑出去，然後告訴周彤，再爭取那麼一點點機會，他是想這麼做，但是他的雙腳卻不聽使喚，依然連一步的距離也沒有跨出。

　　下班後，徐子杰走到停腳踏車的地方呆呆地站著，這腳踏車從上班開始到他下班都長得一樣，就算是十幾二十年後也都是一樣的吧。只有他，他感覺連一台腳踏車都在取笑他今天有多懦弱，至少腳踏車還是有用之處呢，那他呢？他似乎沒有做過什麼事，是值得被稱讚的吧。

　　路上的燈光五顏六色，像是在努力的綻放自己多好的一面，徐子杰騎車回家的路上，他也想如果哪天，能夠像這般五顏六色的燈一樣，那種耀眼燦爛，發光發熱的樣子，她會注意到他的存在嗎？

　　買完晚餐，一回到家，徐子杰快速地吃完了晚餐洗了澡，便打開日記本寫著：你好！我叫徐子杰，希望可以認識妳。一直到今天我才知道，這幾個字雖然短，可是對我來說是多麼的重要。妳今天看起來心情很好，可能是跟妳的好朋友在聊天的關係？妳今天跟前幾次的穿著有些不一樣，帶有一點時尚感，也很適合妳，把妳襯托得更有精神力了。

　　在店裡的兩個多小時，看得出來妳們聊得很開心，雖然不知道妳們在聊些什麼，不過，看著妳笑的樣子，我也感到很開心。

　　妳笑起來非常好看，就像是彎著月亮般的雙眼。

　　我的文筆不夠好，可惜不能夠再把妳形容得更貼切點。

　　其實，在這之前我並不覺得我的文筆不好的。

　　這次，我只想把有關於妳的樣子，還有跟妳有關的所有事，紀錄得多一些，也許，某天等我老了，我就可以跟我的孩子說，別像他老爸那樣，遇到喜歡的人，要勇敢一點。

　　而且，在今天以前，我也不知道我原來是個如此膽小的人。

　　嗯，我今天好像說得太多了，這真不像是我。

　　晚安，希望妳未來的每一天都能像今天下午那樣，笑得那麼開心。

　　房間內的小黃燈，把徐子杰的五官照得精緻了，一邊寫著一邊摸摸自己的下巴，他覺得自己有好多話想說，卻覺得自己的喉嚨像沉重的石頭，那麼厚重與笨重，他只能把這些寫下來，在他心中，這些字對他來說，還是太少了。

　　闔上筆記本，準備要睡覺前，徐子杰走到窗戶旁，一百七十五公分的身高，加上標準的體重，也許因為屋內的黃燈光，加上今天發生的事，顯得他的背影看上去有些孤獨感。

隔離

　　「晚安。」徐子杰看著窗戶外面的景色說著，只是心中希望回應的那個人沒有回應，只剩下城市裡那片還一閃一閃的燈在綻放著。

隔空談

4-4

作者：安塔 Anta

愛 隔離

　　自從離開了家裡，一切都變得自由，是徐子杰認為理所當然的事，生活本來就該嚮往著自由，為什麼人類總是喜歡被現實捆綁著，這是一件令人難過的事，也是一件令人無法拒絕的事。

　　唯有這件事令徐子杰感到一點也不自由，鬧鐘顯示在凌晨一點多，他起身走到窗邊。不記得這是第幾次了，在家裡只要一躺在床上，沒多久就可以熟睡的狀態，對徐子杰來說，那種狀態早就變成是一件奢侈的事。

　　面對多次難以進入夢鄉的時刻，他似乎一點辦法也沒有，因為腦海中的思緒不是他能夠控制的，那些一點一點的片段，當他一閉上眼的那刻，全部只剩下周彤的畫面。

　　所有的畫面，當然也只有在他工作上看到周彤的樣子，他就此困擾著，他真希望自己儘快入睡，有時候他會渴望如果當初沒有到這裡來工作就好了，或許他應該留在他原本的家鄉……

　　這愚蠢的腦袋，這該死的腦袋，真希望它能停止運作，每一次當他的腦袋又開始犯傻的時候，總

是會這樣想，可是往往只是白費功夫，他的思緒並不會因此有所改變。

不知道是失眠的第幾個晚上，與其說失眠是一種糟糕的狀態，不如說是一種幸福吧，至少知道自己是為了什麼原因失眠，因為是她的關係也很值得吧，就算不知道第幾個晚上的失眠，徐子杰坐在椅子上又拿起筆，在這種情況，他很感謝自己還有書桌、紙跟筆，有時候也會走到窗邊，他也很感謝自己還有一片窗，好像在說著「我還有一片天的感覺」。

晚安，妳睡了嗎？

今天的星星有一顆特別亮，妳看見了嗎？

我看見了，就像我看見妳一樣。

妳在我眼前就像今天那顆星星，特別的亮，亮到我常常無視了周圍所發生的一切。

「早，記得今天不要再搞混了，徐子杰。」同事淡淡地說，一邊整理手上的袋子。

「好啦，我也不是故意的。」徐子杰打著哈欠。

「就跟你說你要直接點，加油，像你到了我這個年紀就會知道想當初要好好把握了，因為要遇到自己喜歡的人可不多喔。」

這段時間工作以來，徐子杰也跟同事漸漸混熟了，一開始他還覺得這同事可能不太好相處，後來才知道這同事其實只是有點活膩了，對生活沒了什麼熱情了，這可能跟他被甩的經歷有關，不過還好他還對咖啡有熱情，讓他在這飄渺的日子裡，活得還像個人。

「喂。」徐子杰看見是房東打來的電話。

「臭小子，來到台北還不習慣啊？」房東口氣簡直像個流氓，有時徐子杰都會覺得這房東肯定有混過。

徐子杰呆住，但這也不是第一次了。

「是啊！是有那麼一～點～點～不習慣。」徐子杰躺在床上看著天花板，眼睛瞇著，一臉沒睡飽的樣子。

「哼！我上次不是跟你說過了，眼睛睜大點……」房東話講到一半就被徐子杰打斷了。

「我又匯錯了嗎？抱歉，下次我會注意的。」徐子杰一動也不動，一樣躺在床上，眼皮連眨一下也沒有。

他知道房東打電話來，就是他又匯錯房租的金額了，總是有點愧疚，不過也只是那短暫的愧疚，反正我再補上不就好了，不是多給就好了，這樣的想法馬上出現。

房東聽到他這樣說，一臉不屑一下子就掛上電話，拿起手上的菸，抽了一口，嘴裡的煙一圈一圈的吐出，把臉遮了一半。他站在十字路口的店門口旁，心想這小子不會來到這裡沒多久，就失戀了吧，這城市真是，不管幾代人來到這裡，都會有這個經驗啊！房東獨自笑了笑，十字路口的紅綠燈依舊閃來閃去的。

徐子杰起身走到窗邊，嗯，至少我還有一片天，窗外的陽光格外刺眼，天空也很藍，反觀徐子杰的雙眸，卻似乎沒什麼活力。

休假的時間，會令他更困擾，因為不像在店裡還有事情可以忙，這空閒時間會令他更討厭自己，

他會看見自己的愚蠢與懦弱，他會覺得自己怎麼會如此膽小。

　　至少他在工作時，是個有用的人，客人會叫他，叫他的意思是，叫他來點餐，或是問他店裡有什麼比較推薦的咖啡，當他講完一連串的專有名詞，客人會滿意地對他微笑，表示感謝，這可以令他覺得自己充滿了希望，他似乎做了有意義的事。

　　幾個月下來，周彤的出現讓他有如此變化，他到現在還是難以相信。

　　天氣又開始怪怪的，感覺又要下雨了，果然沒多久就下雨了，徐子杰與同事同時看向門外，見到路上的人都撐起了傘。

　　「我去拿傘架。」徐子杰說完就走到倉庫把傘架拿到門外，正好看見周彤走過來，不過她好像忘記帶傘了。

　　「徐子杰，你的機會來了。」同事對著剛走進店內的他說。

　　「什麼機會？」他感到疑惑。

「我看她今天肯定心情不好。」同事往周彤的位置看，不過看不見周彤的臉，因為今天她坐的位置背對櫃檯。

「所以？」徐子杰還不太明白。

「我剛剛看她走路進來的眼神就知道了，淋雨就是一個不好的兆頭。」同事自信地說著。

「她點餐的時候眼神也怪怪的喔，就像是快哭了的樣子。所以，我就說你的機會來了。」

「那......我該做些什麼好？」徐子杰感到自己的心跳聲變得不太正常。

「別急，你現在什麼也別做，等待時機。等等你把咖啡拿去給她吧！重點是你應該知道自己要做什麼吧？」

「我......」徐子杰毫無頭緒。

「好吧！成功之後記得請我吃飯，我要吃燒肉。等等你過去的時候，第一先觀察她有沒有在哭，如果有的話就遞上衛生紙，然後她一定會有點嚇到，不過你只需要對她微笑，然後說『你好，我叫徐子

杰』，去吧！對了，我猜百分之九十九她在哭，如果百分之一沒有在哭，你今天就放棄吧。」同事不知道哪來的自信，徐子杰知道他這輩子肯定沒有這麼相信過一個人。

徐子杰跟同事表示當然沒有問題，吃飯根本是小事，拍了一下同事的肩膀，便端起咖啡走到了周彤的位置。

徐子杰走向周彤的每一步路，都慎重地走著，走到了周彤旁邊，輕輕地放下咖啡後，看著周彤，果然，被同事說中了，太好了，他欣喜的拿起衛生紙慢慢遞給周彤，然後說：「你好，我叫徐子杰。」他對著周彤微笑，認真地讓自己看起來像是一個好人。

周彤見到眼前的衛生紙，有點驚嚇，但還是抬起頭看著他，說謝謝。發現竟然是店裡的員工，令她頓時感到原來這間店的員工是這麼的溫暖，雖然有點難為情，還是覺得很感激。

徐子杰笑容滿面地走回櫃檯，直到周彤要離開店裡，徐子杰也跟上了，同事跟徐子杰說你今天就

早點下班吧，然後兩個人在店門口聊了起來，徐子杰大方的為周彤撐傘，兩人一路上說說笑笑，他們也不知道要走到哪裡。

即使是下著雨，徐子杰的雙眸總算有接收到陽光的氣息了，他的眼神發著光，連他自己也不知道他究竟有多久沒笑得這麼燦爛了。

 隔離

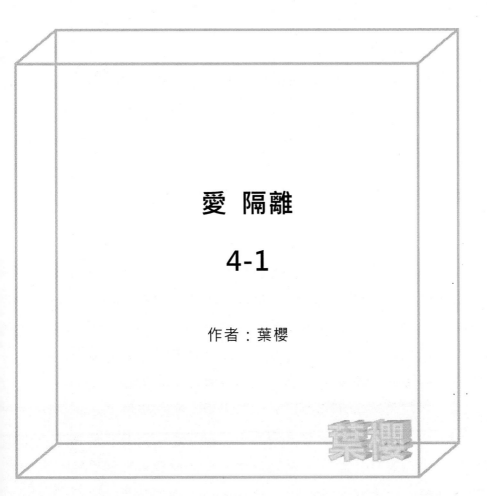

愛 隔離

4-1

作者：葉櫻

愛隔離

二零二一年五月十二日 星期三

台灣武漢肺炎社區感染持續擴大，中央流行疫情指揮中心表示，台灣疫情十分嚴峻，近期可能會進入第三級警戒……自四月開始，台灣已有四件群聚案，確診者足跡遍布超市、餐廳、婚宴會館、遊藝場、宮廟等地，地方政府正在進行清消與匡列。

早上看到的報導就像是一記耳光，把我從迷迷糊糊的虛幻幸福中搧醒。但當我走出宿舍，走到附近的連鎖咖啡廳去買早餐與咖啡，與一個頂著豔麗的妝容卻不戴口罩的女孩擦身而過，就覺得世界似乎有好多個——新聞裡的、現實的、還有台灣以外的。這段時間，台灣人的確是太鬆懈了一點，剛開學時的那種緊張早已不復見，公共區域的酒精不知道甚麼時候就消失了，行政人員也不再守在門邊，追著每個從樓梯冒出來的學生量體溫。有些學生嫌戴口罩熱，膽大一點的，還會大方地在教室裡吃早餐、喝飲料，一副疫情早已過去的樣子。

　　是因為防疫疲乏，還是因為真的安心了呢？可我們又有什麼本錢能安心呢，疫情期間本就不該這樣放鬆。的確，台灣在這一年多來，就像是裝在玻璃瓶裡的一只小船，外頭風浪都與我們無干，可我們終歸不是自栩的世外仙境，終究只能跟著世界一起，在疫海中載浮載沉。

　　這幾天一連串的新聞，就像是海嘯之前的退潮，隱隱地帶著嚴肅的諭示。社交網路上百家爭鳴，「人與人的連結」的討論、封城的繪聲繪影、紅燈區與老人的情慾，潮水退開，每個人都尋到了自己想看的泥濘，為此大戰一場。雖然喧鬧，但至少大家又重新在乎起疫情了，也有許多人開始緊張了。

　　也許這到底是好的。有太多人因為輕敵而逝去，小心總比沒能來得及後悔好。

　　顯然學校也如此認為。下午到教授那裏去打助教的工，聽到老師說，學校最近寄信通知，要老師們跟助教們預備線上課程。

愛 隔離

「我今天早上也有看到新聞，說北部的傳染好像很嚴重，可能這幾天會升成三級。所以真的會停課嗎？」

「應該還沒有那麼嚴重，不過學校還是希望我們準備好。學校這幾天也買了新的教學軟體，可以配合 moodle 一起用，好像可以同步跟錄影，等一下我們來試試看。對了，還有考試的問題，我個人是不希望線上考申論題啦，但小考是選擇題，應該沒關係。等一下妳拿舊的做一份線上考卷試試看，我剛剛把檔案寄給妳了。」

我乖乖地暫別了老師，回到我的工作電腦前，連上網路，做被交辦的工作事項。

「下禮拜要考《哈姆雷特》啊。」打開考卷題，一堆關於哈姆雷特的選擇題就跳了出來。因為網站要一個題目一個題目、一個選項一個選項慢慢貼上，我只好一邊機械性地重複著這反覆的工作，一邊讀著一串串的英文。

竟然還有是非題呀，「哈姆雷特到底是真的瘋了，還是假裝瘋掉？」

　　搞不好一開始是假瘋，最後就變成真的了。我漫想著，不由得想到被關了一年的自己。如果再繼續過這樣的生活，或許有一天，我也會變得跟他一樣吧。

　　但遠在台北的、我那超喜歡待在家裡、超不喜歡人群的男朋友，大概一點事都不會有，搞不好還很享受。記得上次他就用防疫的理由推掉家聚，真的是。

　　雖然他可能根本就沒差，但晚一點還是發個訊息，關心他一下好了。

　　線上教學的準備意外地繁雜，新的軟體介面倒是很簡單，麻煩的只有製作線上題庫。最後，我花了一個小時多的時間完成了一張考卷，但還是不知道要怎麼做最簡單。老實告訴教授以後，教授卻安慰我，讓我下禮拜去工作時再試試看就好，反正也不急。

　　把報帳的公文送到主計室之後，今天就算是下班了。仗著這偏安的古都還沒有新的病例，明知不應該，但我還是走進了百貨公司，到春水堂去，把

晚餐吃出了一種末日狂歡的味道——明明還沒真的說要進入三級警戒呢。

我一邊吸著珍珠奶茶，一邊拿起手機，找到早上看見的那條新聞，把連結傳給男朋友。畢竟他是個不看電視、少用社群網站、不看網路新聞，總是把家庭群組直接標示成已讀的人。簡直就像是個文明年代的獨居原始人。

再傳一句「你今天好ㄇ」，就把手機放到一邊，開始吃我的麵線。交往七個月多，我已經被迫習慣了這種若即若離的、淡如水般的戀愛。我們是在只開放給大學生的社群網站認識的，某一天半夜抽卡，抽到了彼此，就這樣聊了起來。因為彼此都喜歡ACG 之類的東西，老家也在同一個縣市，所以還算有話題。

一開始只是把他當朋友，但某天晚上他傳了「我喜歡妳」過來，本來以為是玩笑，所以我也帶著幾分玩笑地回了一句「我也喜歡你哈哈」，沒想到第二天，他就把社群帳號上的交往狀態改成穩交，對象當然是我。事已至此，我也無法把「我沒想到你是

認真的」這種訊息送出去，就這麼半推半就地多了一個男朋友。

　　雖然說是交往，其實也沒甚麼改變。到目前為止，我們甚至都沒在現實中見過面，還是一樣漫無目的聊著，只是偶爾開始關心對方的現實生活而已。

　　好吧，或許我變得有點嘮叨，也有點患得患失，總是把各種瑣碎的事情告訴他，明明也不知道自己想得到甚麼回答。總是把覺得好笑的文章連結寄給他，雖然冷靜想想就知道他甚麼回饋都不會有。也開始希望他會跟我一樣很快地回覆訊息。但很可惜的，除了共同的興趣與出身地，我們的個性幾乎是南轅北轍，我有多愛講話，他就有多安靜。能交往這麼久，連我都很訝異。

　　雖然我一直告訴自己要學會獨立，不要那麼在意他，但做起來還是很難。從朋友變成男朋友，總讓我想把自己幼稚的一面都露出來，尤其是在這種人際關係極度缺乏的時候——真是的，如果想一直已讀我，那一開始幹嘛告白啊！

在我吃完麵線的時候，手機終於震動了兩下，我滑開聊天室，只看見一句遲來的「還好ㄇ」。

也許一開始就應該說清楚我說「喜歡他」是開玩笑的。

雖然這樣想，但我還是跟一個好女友一樣關心他。

「新聞說很可能會停課欸！」

「嗯！」

「反正你自己小心一點啦，你在台北欸！」

「妳也要小心啊，又不是說那些人就一直都不會去南部。」

我回傳了一個咬臉頰的兔子貼圖。貼圖代表我心情不好，不想再繼續話題。但就算他知道背後的意義，也甚麼都沒說。

真討厭。

二零二一年五月十五日 星期六

中央流行疫情指揮中心表示，疫情熱區的篩檢結果顯示陽性比率偏高，因此從今天開始的兩個禮拜，雙北率先升為三級警戒。

全面線上學習公告：因台灣部分縣市升為三級警戒，為兼顧學習與醫療資源，本校由下禮拜始，全面實施五人以上課程之線上教學，亦不得進行實體考試。

學校寄信來的時候，我正攤在家裡的沙發上喝咖啡權當早餐。我一方面為了自己的未卜先知小感得意，禮拜五花了一、兩個小時，把課本跟筆記本都拖回家果然是正確的，另一方面也擔心著未來的走向。疫情、期末考、畢業手續跟未來，一切都好像漸漸脫離原有的秩序，而我卻只能跟掉入兔子洞的愛麗絲一樣，任由不可抗的重力把我往下拖，直到摔到一個不知名的地方。

突然就感到寂寞。有種困在黑暗中的茫然，還有被拋下的焦慮感。雖然不覺得會有得到回覆，但我還是傳了訊息給他。

「你們升成三級了欸！」

沒想到這次才隔幾分鐘，就得到了回應。他也有這種心情嗎？

「對啊！很可怕！」

「而且你們的市長還一直想封城。」

「他講很久了，所以讓我有點想回家。」

「那就回來啊！」

「不行，很多事。」

「你們沒停課嗎，我們下禮拜就要全部改線上了。」

「沒。」

「是喔，那你自己小心，記得下載那個防疫的APP，有空就快回家。」

「好啦，妳也是。」

這還差不多。我傳了一個愛心貓咪的動圖過去，而他按了愛心。

我關上手機，很愉快地喝乾咖啡，上樓去讀哈姆雷特。

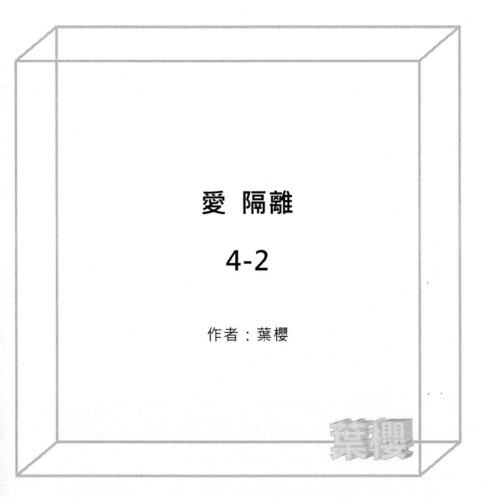

愛　隔離

4-2

作者：葉櫻

隔離

二零二一年五月二十四日 星期一

因國內疫情仍在延燒，本校決定遠距教學模式將延長至期末，請教師自行規畫期末考核方式，本校也將舉辦講座、錄製影片，以協助師生適應線上評量模式。

打開這封通知的時候，意外地感到難受。如果是疫情剛爆發之時的我，想必會因為能直接在家住到期末而開心吧，可是在已經隔絕約莫十幾天的現在，就已經感到寂寞。

打開電腦就能上課，不需要打扮或出門，這都很方便輕鬆，但還是會感到有點空虛——已經沒辦法再圍著老師問問題，沒辦法再和隔壁同學一起討論答案了。

此刻唯有自己是真實，老師跟同學都是虛擬的幻象，這怎不讓人覺得寂寞呢？

也許人就是總能尋出不滿的一種生物吧。在需要交際的時候感到麻煩，在真正斷開聯繫的時候，卻又尋思著話題，就連聊幾句課程內容，都覺得受

到安慰。或許人就是一座壞脾氣的浮島，平常不希望彼此靠得太近，否則就會撞出災難，但在獨自面對廣袤的大海時，卻又想起擠在一起時輕浮又實在的溫暖。

　　孤獨感前所未有地沉重，於是便將一切都壓在男朋友身上，自私地希望他能填滿心中突然破開的大洞。吃過晚飯，就把這種莫名的傷感，打成好幾段訊息傳過去，畢竟若是直接向朋友訴說，也太矯情了一點。幸運的是，他今天似乎沒事，很快地就讀了，並傳來「想太多」三個字，還有一些不著邊際的話。雖然知道他無法理解，但仍然覺得溫暖。

　　於是就問他過得如何，他的學校也跟我一樣，要一路線上教學到期末，但他擔心的並不是和朋友的斷訊，而是暑假的實習。

　　我也試圖安慰他，雖然自知並不著調——我對醫學院的認識，就像他對文學院的一樣少，而我也不需要實習，可以說，我們現實的圈子完全沒有交集。

　　但他還是說了謝謝，難得地傳了一個愛心貼圖來。讓人心裡甜滋滋的——也許我們在意的只是那份在乎的心意。

　　「總之，你要好好照顧自己，台北那裏特別嚴重欸，雖然你不常出去，但還是要小心啦！」

　　「講得好像台南就沒有病例一樣，而且妳家附近那裏不是有人確診嗎？」

　　「我是在關心你欸，到底會不會講話啦！」

　　「我也是關心妳啊！」

　　就連這種輕薄的你來我往，在這種時候看起來也都更加讓人開心，不變的日常瑣碎，就像風浪中的錨，釘住了不安的心。我們一直都不是那種取暱稱互叫、傳一堆甜言蜜語的情侶，噓寒問暖只是近期的事，這種不太用腦的互嗆、奇葩貼文或梗圖的分享、動漫遊戲的討論，建立在虛幻之上的對話，才是我們的日常。這期間他回覆的頻率變高，也開始主動傳訊息給我，大概是三級警戒後少數讓我感到高興的事。

在寂寞的時候互相取暖，應該就是男女朋友會做的事情吧？

二零二一年六月十一日 星期五

中央流行疫情指揮中心：本日新增 287 例，死亡案數為 24 例。染疫者以新北市最多。此外，其中有 8 例之關聯不明，仍在進行調查。

根據統計，截至目前已有 12,500 確診病例，確診個案中死亡數已達 385 例。

和其他國家相比，這些數字大概都只是小巫見大巫。可是我真的害怕起來了——這不能全怪我貪生怕死。畢竟，每天的新聞跟節目，全都與疫情有關，連打開網路都能見到直播的疫情記者會，網路名人們則時常發文，討論國內外的狀況，為了政策隔空交戰。聽多了以後，被這種壓抑苦悶的氣氛影響，也是很正常的吧。

聽說人在面臨死亡的時候，就會渴求生的溫暖，而我渴求的，是能夠理所當然投向、傾訴的人。雖然我們早就過了所謂的蜜月期，也從不是那種狂戀的情侶，但最近既然更靠近彼此了，便忍不住將他當成完全能倚賴、傾訴的對象。那些羞於向朋友或家人談起的不理性的恐懼，反而能夠隔著螢幕坦率地告訴未曾見過面的男友。或許是因為我們是情侶，或許是因為我們某方面還算是陌生人，也或許，我只是想要聽見醫學院的學生斥退這些妄想，給我一個保證，說我們都會沒事的。

但這似乎只是我的一廂情願，因為最近，他又開始忽冷忽熱了。

是因為我的話題都很無趣嗎？可是問他近況，他也總是已讀不回。我並不想當一個無理取鬧的女朋友，但打開聊天室，看見自己刷出的一排單方面的訊息，實在還是讓人難以忍受。

我做錯了甚麼嗎？

比之前更加寂寞。但是決定不再主動跟他說話了，因為我還想要一點尊嚴。

於是，「你不想跟我說話就算了」這條訊息，就一直壓在聊天室的最下方。日期是兩天前。

又不是非得有他不可。我想著，賭氣著，這幾天都故意遠離手機，在晚上認真地讀原文課本、練習題目，無聊的時候就以遊戲與文章填補。這樣過了好幾天，真的逐漸淡忘了他——乾脆分手吧。這個想法突然跳進我心裡，讓我嚇了一跳。

但也許這樣才是對的，因為他感覺根本不在意我，而我們也沒有深厚的感情。

或許是時候結束了。想著，打字打到一半，他突然上了線，也開始打字。

「可以打電話嗎？」

接著，他的來電就跳了出來。我猶豫著但仍接起來，第一次聽見的聲音意外爽朗，和他的個性不太搭調。

「喂？」我聽見自己的聲音因為淚水黏糊糊的，趕緊清清喉嚨，幸好他沒有對此發表意見，只是說：「妳已經幾乎一個禮拜沒跟我傳訊息了，我最近比較忙，剛剛才發現。」

　　真的會有人忙到連回訊息、看訊息的時間都沒有嗎？那只不過代表那個人在你心裡沒有那麼重要吧。我沒接話，而他繼續解釋：「我忙到累的時候，就想要縮在自己的世界裡面。」

　　「......那我們甚麼時候才會能夠說話？我們不是男女朋友嗎？」我勉強擠出這一句話，心臟怦怦地跳。他沉默了好一會兒，才有點尷尬地說：

　　「嗯嗯，我會改的啦，就......每天都聊一點怎麼樣？更認識彼此。」

　　「嗯。」

　　「好喔，那......嗯，妳不要再哭了，等一下又頭痛。快點去洗澡然後睡覺吧。」

　　「嗯。」我抽了一下鼻子，因為他竟然記得我以前的牢騷而感到驚訝。

　　「晚安。」他掛了電話。

　　我放下手機，把打字欄的「就分手吧，反正我們根本就是掛名的男女朋友不是嗎？」刪掉，乖乖地去洗了澡。

　　我們和好了，就跟我們決定交往時一樣簡單又不明所以。

　　但就現在而言，或許這樣就夠了。

愛 隔離

4-3

作者：葉櫻

愛 隔離

二零二一年六月十四日　星期一

今天是端午節，結果三級警戒又延長了兩個禮拜。雖然很快就要迎來學期末，在家裡上課的日子沒剩下幾天，也慢慢地習慣了閉門不出的生活方式，但這樣下去，每天都在家裡的我，會變成甚麼樣子呢？總感覺會變得比以往的暑假都還要頹廢，過著不知道天亮也不知道天黑，渾渾噩噩的日子，比末日片裡面的殭屍還要過分。

晚上，明明下定決心要好好整理期末報告的參考文獻和格式，今天一定要上傳繳交，眼光卻還是時不時就落在手機上，就像是在等待連自己也不知道的某種事物。這樣心不在焉地努力了半小時，手機終於震動了兩下，閃爍起綠色的提示燈。我雀躍地點開手機，意外地看見他主動傳來的訊息。

「我們學校有一個人確診了。」

我傻愣愣地盯著它，一時間不知道怎麼回覆才好。

　　第一個反應是擔心，第二個反應是害怕，第三個反應則是現實感。我知道確診的學生並不是自願的，也沒有想要責怪他們的意思，但聽到生活圈中出現確診的人，就會忍不住地想著自己是不是在不經意時曾經接觸了他們，而後則猛然意識到病情並不是只隔著文字和螢幕，出現在新聞跟報章雜誌上的冰冷現實，而是已經將親近的人吞噬進去，因此真切地升起了實感，同時也興起了不理性的恐懼。

　　但承載著這些情感的文字，大概都不會是正確的應對方式吧。想來想去，最後也只能送出「真的喔」這三個字，簡直就像是想要吵架一樣。不知道為什麼，明明心裡的擔憂都快滿出來了，卻也無法將話說得妥貼溫馨。

　　他很快地回覆了，是挺難得的事情。再加上向我暴露自己擔心的舉動，其實讓我有點開心。

　　「那個人好像不是大學生，是進修部的人。」

　　「那應該跟你沒甚麼交集，應該還好吧。」

　　「是沒錯，但那棟大樓也有在上課。」

　　「那你會想回家嗎？」

「我不能回家啊，還有實習跟報告要弄，還有實驗室的事情。」

「那你要小心一點！」

本來以為今天的聊天時間就到此為止，沒想到手機突然響了起來，看見畫面顯示他的來電，覺得也許是按錯了，就沒費心接起，沒想到他竟然又打了第二次。難道有甚麼必須用電話才能說出口的事情嗎？我困惑著，但還是接起來。

「怎麼了？」

「沒事啦，只是想聽妳的聲音。」

臉頰突然發燙，就像是喝了酒一樣熱辣辣的。好好地突然說什麼奇怪的話呀，而且我的聲音明明一點也不好聽。有時候用通訊軟體打電話，會聽見自己的聲音，失真的聲音和自己講話時聽見的完全不同，帶著鼻音又沒有抑揚頓挫，就像是故意裝可愛卻失敗的女孩子，不是什麼值得聽見的就像是念愛情小說台詞的女生。

「你幹嘛突然說奇怪的話啊。」

「就真的啊，妳沒聽過人家在講嗎，就什麼聽到聲音比寫郵件或訊息好，面對面見面又比打電話更好之類的，就很像手寫卡片比 e-mail 好的意思吧，就是溫度的問題......妳怎麼都不說話啊，現在在講電話耶。」

「你突然打電話來，我沒有準備話題，不知道要說什麼啦。」

「妳都會想一些有的沒的耶，不用想那麼多，就想講就講啊。」

「沒有想怎麼知道要講什麼啦！」雖然語氣很不耐煩，但講到結尾的時候，還是忍不住摻進了一點笑意。明明只是第二次講電話，卻和第一次的氣氛完全不一樣呢，總覺得好像變得更自在了，可以想講什麼就講什麼，這是不是代表我們的關係有進步呢？

結果他竟然就不說話了，雖然話題斷了，卻也沒有乾脆地掛上電話，讓人有點難以理解。然而，我也不想擅自掛掉電話，變成煞風景的那一個，於

是索性按下擴音鍵，把手機放在手機架上，開始用雙手繼續敲鍵盤打報告。

「妳在幹嘛啦，很忙喔。」

「因為你又不開話題，反正這樣也沒甚麼不好的吧，就很像陪著對方啊，有你喜歡的溫度的感覺吧？」我不知為何地覺得得意，就好像是自知會被疼愛而耍起任性的貓咪，因為預知會得到甜頭跟忍讓而先開心起來。能產生這種心理，對幾個月以前的我來說，是無法想像的事情。

「明明傳訊息的時候話就很多耶。」

如預料之中，他雖然聽上去有點呆愣，但還是默默接受了這個天馬行空的提案。這下我更加開心，因為知道他不會這樣做的，便變本加厲地說起反話：「你不想要就掛電話啊。」

最後，我們就這樣開著通話，各自忙各自的，簡直像是把手機當作收音器。我們都沒再說話了，雖然偶爾還是會聊個幾句，但卻仍舊使用文字訊息，因為兩個人都在用電腦，打字比大喊更簡單。能從電話中聽到的聲音，就只有生活中幾乎不會意識到

的雜聲——鍵盤的敲打聲、寫字的沙沙聲、杯子碰撞的清脆聲響，以及不時呼嘯而過，遠遠的飛車聲。明明都是隨處可尋的聲響，但奇妙的是，經由電話聽見後，確實感受到距離拉近了，就好像突然共處在同一個空間裡一樣，真正地理解了彼此的世界並沒有那麼不同，不由得感到親密起來，第一次升起在交往的實際感受。

「我手機要沒電了，先掛掉了喔，晚安。」

他傳了這句話來，然後就聽見電話被掛斷的提示音。我看向手機，螢幕顯示我們通話了四十多分鐘——分享了四十多分鐘的日子呢。這樣想著，忍不住拿在手上掂量，熱燙的機體證明了剛剛那段時光的真實性。

「晚安」我發送了回覆，也把手機接上電源。窗外的夜空是安詳的黑色，點綴著閃爍的燈光與招牌，寧靜而有人氣。

是個美麗的、溫柔的夜晚呢！這樣想著，決定把它記在日記裡。

 隔離

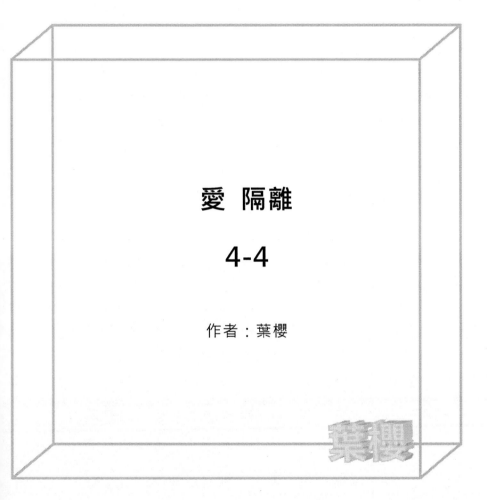

愛　隔離

4-4

作者：葉櫻

二零二一年六月十七日　星期四

新北市某私立大學，日前傳出男生宿舍有四名確診案例，校方已緊急成立應變小組，將四名學生及同住室友另行安置，立即清掃消毒宿舍全館，並安排同棟宿舍學生皆接受快篩檢查。

看到這個消息的時候，不由得全身發冷。明明甚麼資訊都還無法確定，卻好像已經被宣判了噩耗，他的身影立刻跳了出來，因此急忙點開聊天室，快速地傳了連結過去，問：「你們那邊有確診者嗎？這是你們學校嗎？」

當天下午，我都為此分心，明知毫無幫助，卻還是在腦中勾勒出一幅幅想像暴衝的糟糕場景：其實他就是確診的某一個、很快地住進了隔離病房、每天受到病症折磨......不能再想這些觸霉頭的事情了，他怎麼還不回答？都不知道別人會擔心嗎？

晚上頭髮吹到一半，手機終於傳來叮咚一聲，我慌忙點開螢幕，看他寫道：「是我們學校，我的那棟宿舍，所以剛剛去快篩。」

「你沒事吧？」顧不得頭髮還濕濕的，我放下吹風機，迫不及待地問出了最想問的一句話。雖然聽上去很空泛，但我卻非常認真。

「沒事啦，我現在好好的啊，也不一定就會被感染，妳不要太擔心。」

沒想到反而被安慰了。我試著拼湊出一句合宜的回答，打了字卻又數度刪掉，心中一片亂糟糟，完全不知道該怎麼精準地把心中的感受化為合邏輯的文字。

也許是因為我太反常了，他突然打了電話來，我差點按到掛斷。

「喂？」

「喂。」我勉強回應，聲音乾乾扁扁的，好像快要哭出來一樣。他可能也聽得出來，就說：「我沒事啦，妳怎麼比我媽還著急啊，我又不是已經確診了還住進隔離病房了。」

「我就......」

「妳哭了喔？不要哭啦，就只是去快篩而已啊。」

那天我們的對話，就是這樣毫無內容的輪迴，我斷續地抽噎著，而他隔一會兒就叫我不要哭。當晚上床後冷靜下來，覺得自己實在又傻又荒謬，但當下卻真的很難過，想到也許會莫名其妙失去他，就覺得很不甘心也很害怕。

「好啦，很晚了我先掛了喔，妳快點去洗澡睡覺，然後也要照顧好自己。口罩戴好，還有手記得洗。」

「......你以前都沒關心過我。」我抽搭著，擠出一句完全不看場合的撒嬌。我到底在做甚麼呀，現在是鬧脾氣的時候嗎。

「我開始關心了啦。」沒想到他竟然回答了，又說了晚安。我臉紅著回了晚安，通話結束的時候，心還撲通撲通的跳著。

過了幾天，他主動傳訊息給我，說他們的快篩結果都是陰性，但學校不敢大意，還是先把他們都匡列起來，塞進一棟獨立的隔離宿舍。他倒是沒甚

麼特別的感覺，本來就不是喜歡跑出門的人，課程也改成線上的了，只要有網路，他就沒甚麼怨言。

但他還是有改變的地方，比如說，變得比較黏人了，或者說，變得更親近了。隔離期間，他傳訊息的頻率變得頻繁，明明沒甚麼話題，晚上卻總愛打電話來。我猜他跟我一樣，因為被迫的孤獨而更渴求人的溫暖，而他能向我尋求溫暖，我其實很高興。

他都主動靠近了，我的焦慮便成了心安理得。每天都問他覺得如何、吃飯了沒、洗澡了沒，就像是糾纏網紅的奇怪男子，但他卻都乖乖回答了，甚至還會反過來安慰我。有時候，為了提振彼此的心情，甚至開始漫無目的地聊未來的計劃，兩個人的。要是還在數個月以前，我絕對不會想到這種事，也是在這個時候，我才真的意識到我們是交往中的情侶，已經把彼此嵌進生活中，不說話就好像少了甚麼，空虛得無法忍受。

「我們暑假要不要見面啊？差不多也要到一年的紀念日了吧？應該可以見面了。」

「都交往那麼久了才說要見面，而且現在疫情耶，反而要見面，太奇怪了吧。」

「妳會怕喔？」

「我怎麼可能會怕啊，我們是男女朋友耶。」

「反正還有幾個月才放暑假，要是疫情減緩了的話，我們就一起出去玩啊。看妳要來台北玩，還是我去台南找妳，都可以。」

「你來台南太遠了吧，不用啦。你不是要實習？」

「不然就約高雄啊，妳應該會回家吧？我會在實習前回家一個禮拜，我有跟妳說過嗎？」

「沒有。你就只會講一些關於動漫的事情，還有傳一些網路文章的連結。你說你不喜歡講自己的事情。」我抱怨，但更像是嬌嗔。因為我其實也差不多，擔心他對我的日常不感興趣，便幾乎不提。畢竟我們一開始認識的契機，就是那些虛幻的東西。

「以後還有很多機會講啦，嗯。」他找著藉口，聲音染著微微的害羞，真難得。

「感覺好像變親近了耶，要是沒有疫情，搞不好就會一直這樣下去。」

「拜託不要講得好像很喜歡肺炎一樣好不好。又不是《傾城之戀》。」我傻眼地反駁他，到底有沒有醫學院的自覺？

「什麼東西？」他困惑著，我叫他掛電話之後自己去看。就算是醫學院的學生，好歹也偶爾看點小說吧，而且又是那麼有名的。

《傾城之戀》裡的白流蘇和范柳原，因為香港的陷落而成就了愛情。我們沒有那麼偉大，只不過是小小的島上，偶然相遇的兩個人，原本也許就會這樣生疏地繼續下去，直到某天遇見了更喜歡的人，或是莫名地大吵一架後，就這樣分手吧。但這段風雨飄搖的日子裡，卻開始擔心對方、吵架、和好，如此循環反覆，竟然也點著了感情，從掛著名的男女朋友，進步到剛開始交往的生疏男女朋友。

現在，我可以比幾個月前更肯定地說，這個人是我的男朋友。我一點都沒想要感謝這段疫情，但是，能夠這樣互相扶持著走過不確定的日子，在不

確定的日子裡能抓住點甚麼，這種踏實感，大概就是人們之所以歌頌愛的原因。

兩個禮拜後，他隔離期滿，結果還是陰性。我們傻呼呼地開心著，在聊天室比拚誰能傳過更多不同的煙火圖案，如此沒有意義，卻又如此充滿意義。

一連串的洗版過後，他驀地傳來一句「我喜歡妳」。就像故事開始一樣亂七八糟，但或許那就是最適合我們的樣子。

「我也喜歡你」我傳了過去，這次帶著真心。

我們的戀愛就這樣，在天黑的、相隔兩地的日子裡，正式開始了。

銅雀人家

第一章 伯仲

作者：澤北

　　城牆上，戈矛交錯參差列隊。

　　城廓外，千百軍士寂靜無聲

　　尖槍長盾條條有序地排列在城外的平原上，將士各個神情自若，而領軍者青碧色的雙目中卻透露著些許的凝重。

　　「我，也是孫家的後人。」領軍少年心中的思緒雜亂，眼見敵方城內軍民上下一心，而己方卻因主帥初次上陣帶有些許的不信任。

　　少年在心中暗咐「此役乃我孫家次子首戰，天下人都在看著，可不能丟人。」

　　隨著一條條命令傳遞下去，孫權持戟縱馬而行，一聲高喊「天祐孫家！」身後士卒跟隨孫家的旗幟向徐州攻去，「她，也在看著。」

　　是日，孫權初戰失利，將士十不存一，徐州之役慘敗而歸。

　　孫權跪坐於案几上，身旁尚有一名女子，從髮式上看得出來已為人婦，那婦人接過了布巾，細心地幫孫權上藥、包紮。

「笑吧，我比不上他。」孫權神色自然地說出了這句，「軍事、政治、人脈，甚至是家世，我都不如他。」

婦人靜靜地聽著，隨後為孫權寬衣，溫柔地替他更換著胸口、背上等等地方的傷藥，「又沒人說你一定得要比他厲害。」

「若非我比不上他，憑妳的能力，怎肯輕易就範？我還不瞭解妳有多大的能耐嗎？」

「嫁給他，不是你的主意嗎？你不是最擅長將資產增值的嗎？」婦人冷冷地說出了這句話，「我還有我妹妹，都是你眼中的資產不是嗎？」

「我本以為，妳我之間在山家配合多年，妳對我的策謀應當瞭若指掌，卻沒想到妳竟絲毫不反抗，出乎我所料。」

少婦換好了藥，為孫權重新穿好了袍子「我怎敢反抗江東小霸王跟他摯愛的弟弟呢？」少婦起身走到了門前「我可不想害的我們家像是陸家一樣覆滅。」

　　孫權無語，他明白孫家在江東是外來的統治者，在種種因素下，當地士族對於孫家相當反感，於是孫策對江東士族採取血腥統治，手中屠刀下生靈無數，許多人都是被殺怕了才臣服於孫家。

　　「我已有了三個月身孕。」大喬背對著孫權，語不驚人死不休。

　　孫權聽聞此言淡淡地倒了杯茶水，茶水在手中搖曳著，「......我該叫他什麼？」

　　「這是你們孫家的事了，成親隔天我夫君便出征了，而你又借酒裝瘋，我怎麼知道你們孫家成天掛在嘴上的繁衍是這樣一回事？」大喬話中帶刺，嘲諷著天底下最大的醜聞主角，「你哥哥說不定早就知道這回事，不過你是他最疼愛的弟弟，所以他之所以一直在外征戰，屠戮無數各地世家大族，指不定就是因為你幹了這等禽獸之事，他無處發洩便以名士做洩憤。」

　　孫權臉色不變，「我孫家，一向最有容人的雅量，在我還有利用價值之前，哥哥是不會對我下手的，更何況現在乃是江東發展最迅速的時刻，我在山家

及司馬家學習多年，便是為了這些時刻⋯⋯哥哥是不會對我下手的。」

「那你得確定，你哥哥還愛著你啊！」大喬走近了孫權身旁，手帶柔情地扶起了孫權的下巴，深情地看著孫權地一雙碧眼，年少的求學時光在兩人眼神之間流動著。

孫權看著眼前令他著迷多年的女人，兩人從山家到司馬家，再到回去各自家族，幾年來鬥智鬥勇，卻不曾想過一子錯，滿盤皆輸，大喬成功從自己的計謀中脫身，卻不想又中了司馬家的計，不得已嫁給了自己的哥哥。

孫權從大喬的眼中，看到了與自己相同的目的「家族」，為了家族，他們可以放棄一切，即便痛苦，也必須犧牲。

門外，大喬的侍女打斷了兩人流動的情感「夫人，周夫人遣人捎了消息過來，北伐偷襲許昌失利，孫將軍已動身回柴桑，半月內便到。」

大喬隨口應付了一聲，目光仍在孫權眼上，「是時候了嗎？」大喬問道。

　　「我……也不是那麼地確定了。」孫權擺脫了大喬的目光，低下頭喃喃自語著：「我當真不如他，小霸王的位置，我坐得下嗎？」

　　眼前的孫權喪志，大喬豪不客氣地給了一巴掌，「抬起頭來，孫子的後人啊！」想到自己為了眼前的男人，委身於他哥哥之下，即便被孫權多次利用，卻始終不願離開他，「若是霸王之位，你坐不起，那便坐別的位吧。」

　　孫權閉目，深吸了口氣，「那麼，妳便是我的呂后嗎？」

　　「不。」大喬明白，他只是假裝恢復自信，此時的他尚須激勵一番，「我是那從未在史上留過名的后。」

　　「始皇后。」

　　建安五年元月，孫策狩獵遭襲。

　　建安五年，冬。

「隱公元年，春，王正月。三月，公及邾儀父盟于蔑。」一名男子身著戎裝，跪坐於臥榻前朗誦著古籍。

大殿之內，僅有三人及一座床榻身處其中，四周大門緊閉，外頭夙敂的風聲衝撞著門窗，燭台自戎裝男子身旁滿佈到殿中央的床榻上，孫權藉著微弱的火燭，親手幫這床榻主人拆下臉上血漬斑斑地蹦帶。

主人臉色淡然，即便顴骨以上被繃帶層層覆蓋著，週邊的燭火仍舊被陣陣的霸者氣息吹動，殿堂之內，充斥著肅殺以及哀殤的氣息。

戎裝男子稍作遲疑了一會兒，接著朗誦道「……冬，十有二月，祭伯來。公子益師卒。」

「這是春秋嗎？」繃帶卸下，霸主以沙啞的聲音提問。

「主公放心，阿蒙……好學不倦，已非昔日……」呂蒙扭過了頭，饒是他久經沙場，手下亡魂不計其數，仍不忍直視臉龐遭毒箭射穿，雙目被毒素侵蝕的孫策。

　　孫策稍作思考了番，雙目雖已失明，卻準確地直視著呂蒙的面孔說道：「明日考校你的兵法是否有所退步，先退下吧。」

　　在呂蒙作揖退下後，孫權扶著孫策向殿外走去，手執燭台引路，兩人行至內室，孫策聽著房內的大喬與親子孫紹對話，站在窗外許久，許久。

　　一旁的孫權心中忐忑不安，面前這人，是令他愛恨交織的兄長，他深知兄長對自己的愛，但也明白自己的前途路上，已被孫策阻絕大半。

　　房中的大喬抬起頭來看了窗外，見到了燭光搖曳，朦朧黑影中，隱約可見灰白的布條，那是怕嚇著親子的孫策，大喬隨即開了門，迎接兄弟二人入室。

　　室內擺著牛筋、櫸木、短刀，孫策目不能視，卻熟稔地拿起這些工具，手把手地教起年幼的愛子，這便是孫家的傳統「造弓」。

　　兄弟二人聯手，將櫸木彎曲後，孫紹稚嫩的雙手笨拙地繞起牛筋，大喬隨即上前幫忙親子，幾經折騰，一家子才將一張弓捏製成型。

　　孫策抱著孫紹，坐在房外聽風沐月，享受久經戰事後難得的寧靜。

　　「怎感覺，紹兒比起上次抱起，重了些？」孫策倚靠著孫紹的腦袋，親親地嗅著兒子的體味，「味道也像是另外一個人似的。」

　　「是繡帶的味道吧。」孫權上前接過了他的姪子，「臥床百日，氣力不足罷了，待兄長康復，再多花些日子便會覺得紹兒輕些了。」

　　「是嗎。」孫策沒再多說，只是擺過頭望向大喬，大喬趕緊從孫權手中抱過孫紹，便轉身回了房。

　　孫策的眼中，已看不見任何的事物，但大喬卻彷彿能感覺到孫策充滿疑惑的視線在背後注視著她，無法承受這股壓力的大喬隨即轉身關起房門。

　　大喬的身子起伏著，掩上房門雙手不由自主地顫抖，咬緊牙關不讓外頭的孫策察覺到自己的異樣，淚水卻已沾濕了臉龐。

　　計謀有三，一為單向而發；二為雙向併發；三為假他人之計而發。

計謀之四，由天發。

建安五年，孫策卒。

建安五年，年底，孫權接過孫策的一切。

包含妻小。

銅雀人家

第二章 璽藏

作者：澤北

枯井底，殘瓦難掩和田玉。

人心中，忠義尚存漢家將。

初平四年，壽春。

「侄兒策，多謝袁伯伯仗義相助，孫家將永遠記著袁家的大恩。」塵埃佈滿了身上的甲冑，剛滿十七歲的孫策結束了守喪，帶著孫堅舊部投靠了昔日討董聯盟中的袁術。

袁術從主位上快步走下，親手扶起了抱拳作揖的孫策，「賢侄何必如此，吾與令尊一見如故，更何況當年也是令尊仗義相助，替袁伯伯敲打那荊州劉景升，這才導致他的不幸，說起來，令尊的死，術也有責任啊！」袁術說得那叫聲淚俱下，慈藹中帶著感慨。

兩人在酒席上暢談著當年孫堅之勇，酒席外頭卻是一片肅殺之氣。

「孫家難報此恩啊，袁伯伯！」孫策酒後被下屬們架離宴廳，還一路高喊著敬謝詞彙，直到入了臥房也不絕於耳。

「如何？」孫策走後，袁術向身後一人發問道。

那人答道：「孫家兵強將勇，當年孫堅更是勇武過人，小的見這孫策身型盡得孫堅所傳，想必與孫堅不相上下，今日一見，酒後不吐真言，且甘願寄人籬下，能屈能伸，恐怕智勇皆強於其父。」

袁術稍作把玩了下鬍鬚，「那麼，該如何將這孫家悍卒納入袁家麾下呢？不如從底層排伍長下手，慢慢⋯⋯」

「蠶食，不如鯨吞。」謀士了當地打斷了袁術所言。

袁術帶些疑惑道，「當初呂布花費數年部署，終將董卓蠶食殆盡，何不⋯⋯」

「公，非董卓之流，孫策黃口小兒耳，亦非人中呂布。」

「一切按計劃進行。」孫策一臉平靜地，看著眼前的眾人，有隨父親自黃巾之亂起家的老臣，也有忠心耿耿的死士，還有眼前那名滿臉不甘的碧眼少年。

　　孫權平靜地接受即將到來的命運，「下次相見，不知是何時了。」

　　「少爺，忍著點。」「孫家，會永遠記著你的付出。」「老主公天上有知，必以您為榮啊！」

　　眾人紛紛勸說著孫權，然而孫權眼裡直勾勾地看著眼前端坐在案几上的孫策，他的大哥。

　　「對我不滿嗎？」孫策把玩著手中的傳國玉璽，帶著挑釁地說道。

　　「不敢，但你如此霸道，袁術一語不發，你便主動將我交出作質子，孫家的團結何在？你可有向我商量過？」孫權長年來的不忿，在離開的前一晚平靜地爆發。

　　孫策輕蔑的笑了笑，「都下去吧，讓我們孫家的人好好地探討孫家的事。」

　　眾人告退後，孫策仍舊把玩著那塊玉璽，那是洛陽之亂中，諸侯遍尋不著的瑰寶，若是誰得了它，必是將它藏著揣著，也只有孫策這人會將玉璽隨手翻玩，像是摔碎了也無所謂似的。

「恨吧，恨會使你成長，成長到我達不到的境界。」良久，孫策才冒出了這句，「我一介武夫，能做的就是打仗，但你不同，你與我和父親不同，你的生命，不該侷限在孫家。」

孫權譏笑著，「袁術那能讓我學什麼？」

「愚蠢。」孫策正色道，「袁家四世三公，家族中一代人有多少人不得志，你認為多少人出不了頭，真的是因為才能問題？」

「一個家族的繁衍，豈能像犬馬一般？該似大樹般茁壯，開枝散葉，最後聚木成林，這才是繁衍的真諦。」

「照兄長所言，該早日婚配，傳宗接代將這偉大的理想發揚光大才是。」孫權蔑笑著，自小深受父親孫堅傳統家訓影響的他，可不會被這走上離逕叛道的兄長所蠱惑。

孫策搖了搖頭，「現在的你還不會明白的，將來的你就會明白了。」

「哼，說吧，我成為袁術的質子之後的下一步呢？」

「找出袁術的經濟命脈，混入之後掌握它。」

孫權豁然起身，碧眼中充斥著孫家的怒火，「你膽敢要我經商？」

「身為孫子後人，即便我沒有繼承父親的身手，但我堂堂名門之後，竟要我棄軍從商？簡直！」孫權氣得無法接受這項安排。

「兵法兵法，講的就是人，人做的任何事，都需要錢，錢可不會從天而降，面對將來的處境，孫家需要的是大量的財，不論是錢財還是人才。」孫策早就料到弟弟會有此反應，不疾不徐地解釋道。

孫策轉頭望向黑暗之中，一道人影緩緩走出，一頭長髮及肩，一臉頹勢且頭戴眼罩。

「殘疾人。」孫權看見此人緩緩出現，心中略帶懼怕，不知此人從何時便在房內，若早已在房內，方才眾多將領皆在房內竟無人知曉？

獨眼男子向孫策點了點頭，「以後，此人會替我傳遞訊息，將來的事，就看你在袁家內的發展了。」

　　孫權面目鐵青，緩緩點頭道，「仲謀，必不負兄長所望，勢將孫家繁衍至極，發揚光大。」

　　「作為為孫家付出的回報。」孫策低頭，道出了他的回報，「我不會干涉你的發展，包含婚姻，你可以自由地選擇你想走的路。」

　　「還真是多謝兄長的慷慨。」孫權暗暗下定決心，「那就由我來替兄長決定婚配對象吧。」

　　「哈，那記得替兄長找個美人啊，不然我繁衍不了，就怪你了。」

　　獨眼男持續沉默，看著這對因家族生恨的年輕兄弟，這是當今世上為家族犧牲最多的兄弟。

　　一個年紀輕輕繼承父業，為了家族忍辱負重投身仇敵，更將親弟送往敵方陣營充當人質。

　　一個年幼喪父，在最需要父愛的年紀，卻被大哥送去敵營，還被派去做有逆門風的行業做臥底。

　　表現上，這是合作無間的家族，兄友弟恭，殊不知，合作無間的底下卻是波濤洶湧的恨意。

　　翌日，袁術將孫家舊部全員打散，分放至各部袁家忠心將領麾下統率。

　　孫權到了袁術的根據地南陽，並在殘疾人安排下進入了當地最大富商底下，向掌櫃的學習經商之道。

　　「新來的雜役？」富商小姐專心看著眼前帳簿，核對這月的利潤是否符合預期。

　　「是，小子袁……」

　　「孫權是吧。」

　　孫權寒毛直立，在兄長跟殘疾人的安排之下，竟輕易被發現身份，在袁軍眼線底下，「孫權」可是好好的關在房中苦讀兵法。

　　富商小姐抬頭瞧了眼孫權，孫權這才發現眼前的小姐竟不比她年長多少，而後內堂又步出了一名女子懷抱竹簡而出。

　　「山小姐，這是我們喬家今年的帳簿，還請檢閱。」為首的少女輕輕將竹簡放在山小姐面前，山小姐便低頭繼續查帳下去。

「新來的？」女子主動向孫權打起了招呼，孫權硬著頭皮回應道：「待不久了⋯⋯」

「沒人趕你走，這邊人手缺得很。」山小姐回應道：「識字的人不多，你要是想幫忙就趕緊上手。」

孫權如釋重負，「必不負小姐所望。」孫權心中暗咐：「怎感覺整天在給人打包票？」

受山家小姐指示，女子領著孫權進到山家內打點山家的事業，而後四年，孫權跟著山家小姐學習經商之道，其最擅長便是投資要領，替資產增值。

而那名領他入內山家的女子，名喚小喬，其姐即為孫策正室大喬。

 隔離

銅雀人家

第三章　婚配

作者：澤北

正午，一名男子身著玄黑色長袍，腰繫燻紅赤金腰帶，將長髮束於頭頂上，腳踏雲紋靴，一步步踏上石階，自城牆上漫步走下，往城東走去。

街道上張燈結彩，人人都在為了今晚的「大婚」做準備，街道上車水馬龍，人來人往的場景遠比往日的建業城更加繁忙。

申時已至，眾多賓客陸續進入府內就座，家僕們進進出出地捧著各式菜餚美酒侍奉著來頭不小的賓客，凌封及凌烈兩兄弟就在門外充當著忠心的家臣，維持秩序的同時也等候著自己的主子歸府。

玄服男子走了兩個時辰，才走回了府邸，他一步一步的走遍了這座建業城。

他的建業城。

眼見男子靠近了大門，凌氏兄弟立刻上前將主子迎入內廳中，裡頭坐著他這輩子的執念。

「哪有人在大婚之日，就這樣撇下眾人出去散心的？」內廳大位上，大喬見孫權回來便大聲喝斥著眼前的傢伙，「這傢伙心中毫無禮法可言……就像他的兄長一個樣子。」

　　孫權一派輕鬆，看著大喬橫眉瞪眼的表情露出了一絲笑意，屏退凌氏兄弟與仕女後，自然而然地坐在大喬身前，隨手將頭冠摘下便向後枕在大喬的腿上，「無所謂，共牢、合卺還有祭天都在皇宮做了，這婚宴也只剩結髮而已，迎賓還是算了吧，朕懶得應對那些凡夫俗子。」

　　「還真當自己是什麼天子了你？」大喬目視著前方，只要任何一人闖了進來，見到眼前藐視禮法的場景，全天下都會為之震撼，周邊的魏國跟漢國都少不了一頓唇槍舌劍。

　　孫權不置可否，「朕也是想以家為重，這才將該在宮內辦的宴席移到舊府中嘛，要是辦在宮中，光是那些繁文縟節，起碼得忙個三天三夜不止。」

　　大喬梳裡著膝下男人的頭髮，思緒游移不定，「不對，這不是你想辦在這的原因吧。」

　　「哦？」孫權享受著這一刻，許久不曾感受過的溫暖，正在替自己安撫著三千煩惱絲，「怎可質疑我的決定？」

　　大喬手上使了點勁，「是朕，別忘了你一已稱帝，不可自降身分。」

　　眼皮底下的眼球動了動，沉默了片刻後，孫權開口道：「這是唯一，朕贏過兄長的地方了，朕乃東吳大帝，而他僅是一個朕所追封的長沙桓王罷了。」

　　「而朕，也能決定自己所要婚配的對象，不像兄長當年為了拉攏江東，正娶那女的……」

　　「當真能自己決定？」大喬打斷了孫權的自吹自擂，「你已登基稱帝多年，各大士族無不對於你的皇后寶座虎視眈眈，巴不得能得到外戚的權力，在妳枕邊吹起耳邊風，你當真能因為自己的喜惡決定婚配？」

　　「所以你就替朕擅自挑了潘淑，一個沒有背景的女子，甚至與朕相差三十餘歲？」長年主理朝政的孫權，早已學會如何在溝通時不帶怒氣，與當年被派去袁術臥底時大不相同。

　　「一切。」大喬停下了梳頭的雙手，「我自有分寸。」

「真不知道這吳國究竟是誰的吳國。」孫權自嘲道,「表面上,這是孫家的江東吳國,實際上,朕的決定過半都得請示妳或小喬,你們姐妹躲藏在孫家跟周家背後深耕多年,吳國已掌握得差不多了吧?」

大喬將孫權的腦袋扶正,仔仔細細地整理好頭髮後,將他隨意丟棄的頭冠戴上,「快了,我們能成雙入對的日子快了。」

「這句話。」擺了擺衣袖,孫權起身向門外走去,

「五十年前,兄長的葬禮上,我也聽過。」

「這便是成親的感覺嗎?」孫權與他的皇后在緩緩步入孫家宗祠的路上,腦海不停地想著這個問題。

儘管早已生出好幾個兒女,但舉辦婚禮還是首次,已非少年郎的孫權還是無所適從。

此時的大喬,站在宗祠內側邊,看著眼前她一手安排的新人走入禮堂,年過半百的她心中還是激起了些許波濤。

隔離

距離祠堂百步，孫權回憶起與大喬在壽春初次見面的場景。

「中郎將陸抗，恭賀吾皇大喜！」

九十步，孫權想起自己與大喬在河畔巧遇，兩人一番辯論後他被大喬所折服。

「凌封（烈），共賀陛下與皇后成婚！」

還有七十步，那年天下大亂，他派遣敗將至喬府中威逼大小喬委身給自己的兄長與周瑜，為的是埋下忠誠於他孫權的人，而非為了孫家。

大門敞開著，門外站著一名身穿盔甲，手持長戟的老者。

老者持戟作杖，緩緩下跪，「丁奉，持故長沙桓王所贈遺兵，賀吾皇成家，望早日蕩平敵寇，光宗耀祖。」

十餘年來，東吳僅有零星戰事，一些老將無不懷念那幾場戰士浩大的戰役，部分的老臣，尤其懷念孫策的勇武。

　　孫權收下了這桿鐵戟，他望著上頭的紋路，利刃已退，純潔依舊。

　　左手持鐵戟，右手牽著皇后的手，孫權邁進了大門，印入眼簾的盡是孫家中人，數十年的繁衍下來，從原有的五名孫家兄弟，至今有數十名男女立於這宗祠之中。

　　眾人跪下，口中喊著祝福的賀詞，眾人之中只有大喬是躬身低頭，今日的她，是代替已亡的孫策，孫家除了孫權以外輩份最高的人。

　　大喬看著眼前手執長戟的男子，身影與數十年前的人漸漸重合，雙眼矇矓了起來。

　　孫紹雙手奉上了金剪予孫權，孫權卻不曾將視線從大喬身上轉過，不願看他一眼，這人與他記憶中的兄長太像，太像了。

　　「陛下，該與皇后共結髮禮了。」眼見孫權未有動作，主持儀式的黃門便低聲提醒起孫權。

　　孫權轉身面向他不曾看過的皇后，伸出手將皇后的頭髮握住，持戟揮落，再將金剪交到了皇后手上，任由她輕手輕腳剪去自己一撮斑駁的髮絲。

　　大喬接過面前兩人遞給她的髮絲，輕輕將兩撮頭髮搓揉成一束，再放入錦囊中，轉身擱在宗祠的主位上，黃門見到此景便向門外高喊：「結髮禮成，眾賓入席！」

　　孫權上前，將鐵戟放在了供桌之上，向兄長所交代他的遺願告別。

　　隨即牽著皇后的手，走出宗祠，朝著宴席走去。

　　大喬領著孫紹，跟在皇后身側。

　　「多謝嫂子所薦，本后日後必有所報。」潘淑向身邊的大喬道謝，從皇宮內的仕女到被冊封為皇后，還能踏入孫家宗祠結髮，這是孫權其他的妃子所沒有的待遇，而這一切，都是因為身邊這位長沙桓王遺孀的意思。

　　大喬輕聲回了禮，並向皇后說道：「歡迎進入孫家，皇后不用擔心家人，孫家最擅長的便是替資產增值，要不了多久，便會搖身一變成為吳國巨擎。」

　　潘皇后笑了笑，隨即與孫權入席。

　　婚宴，就此開始。

銅雀人家

第四章 扭曲的愛

作者：澤北

　　月色皎潔，營帳外的火光通明，年過六十的孫權白髮似流光，帳內的燭光照在那兵器架上，孫權的目光細數著上頭的兵器。

　　父親手作的獵弓、兄長用的鐵戟、登基後鍛造的寶劍，目光最後停留在手邊的一把短弓，那是長子孫登親手做的獵具。

　　忽地，主帳的簾幕被掀開，凌氏兄弟走到孫權身前低著頭單膝下跪。

　　「……這是？」孫權看著眼前的凌封及凌烈兄弟，眼中冒出了一絲疑惑。

　　只見凌封抬起了頭說道：「凌家，永遠效忠於孫家，不論孫家是稗將軍、太守，或是如今的皇室，凌家永遠為了孫家而生。」

　　孫權聽著眼前的心腹所述說地心聲，帶著疑惑說道：「汝等……欲謀逆否？」

　　「此舉，正是為孫家所做，望陛下見諒。」兩兄弟將頭重重地磕下，「自父親病故後，是您收留了吾等兄弟倆，吾等感激不盡，今日之後再無相見之日，大恩大德將回報於亮太子。」

孫權不解，兩兄弟由他從小看著長大，忠誠深深地刻劃在他們的骨子裡，財、侶、權、勢從沒缺過，他不認為會有比他更好的誘因使他們造反。

「可是有……」孫權話都沒說完，弟弟凌烈便暴起擊暈了他。

「朕在何處？」悠悠醒轉的孫權，看著周邊跪著的人群疑惑著。

簾幕被掀了起來，一名戎裝中年男子緩步走近孫權，深深行了一禮後緩緩抬起了頭。

「是你……你居然可以掌控凌家兄弟，不，不可能是你，你沒有這種能力佈下這局。」孫權看著眼前的周循，他的好侄兒，周瑜早逝的長子。

假死多年的周循有些認不出眼前的男子是當今東吳大帝，「陛下莫慌，此事非一人一時一地之決策，乃當年長沙桓王與父親共同囑咐的。」嘴上恭敬地勸著莫慌，心裏泛起了嘀咕「此人怎跟母親所描述的小霸王相差甚遠？」

自登基稱帝以來，以為早已擺脫兄長陰影的孫權，時隔多年又聽到了兄長的名字，更是橫跨數十

年的光陰，仍能讓未曾謀面的家臣後人照遺命行事，此時的孫權除了無力外更多的是對故去的兄長感到恐懼。

「欲超過兄長的成就，竟比稱帝還難？」孫權緩緩地轉頭看向底下跪著的人群，周循、凌封、丁溫、魯淑、張震及東吳老臣的子孫群聚，心中泛起淡淡的酸苦，「這些人甚至連兄長的模樣都沒見過，便願意照著他的遺計向我謀反？」

周循領著孫權走出了帳篷，軍營沿著長江駐扎，沿岸停著朱紅色的走舸、蒙艟、鬥艦等等，儼然是一隻完整地水軍。

「這麼大的手筆陪葬？兄長的遺命還真是慷慨啊。」眼下的孫權稍做了些嘲諷，並仔細觀察了周邊的局勢，思索著最終得利者會是誰。

不知何時，岸邊出現了幾艘漆黑走舸，上面緩緩走下兩名婦人向著孫權走來。

「參見皇上。」著鵝黃色服飾的美婦先向孫權行了一禮，而後是臉色凝重的玄服婦人。

　　孫權無視請安的小喬，眼睛直直地盯著她身後的大喬，良久。

　　「這是妳計畫的，還是孫策？」時隔數十年，兩人終於能光明正大地碰面了，家臣留下親兵後也陸續地離開這個駐扎地，此時的孫權有許多的疑惑，最終問出口的只有這個。

　　「這是你的願望，你忘了嗎？」大喬看著身前的男子淡淡地說出這句，「當年在山家時的你，不就希望脫離孫家的枷鎖，跟我遠走高飛嗎？」

　　「再後來，你被公子帶到身邊指導了幾個月，從中習得了權謀經商之道，漸漸地想跟孫策爭鬥，最後將我安排到了孫策枕邊，不是嗎？」

　　「這麼多年來，我從沒忘過最初的你，那才是你啊。」

　　孫權看著眼前的女子，腦海中浮現出數十年前的身影，兩者漸漸地重合，「朕……我以為，妳中意的是縱橫四海，能征善戰的帝王。」

　　「這麼多年來，我一直追逐著兄長的身影，但每靠近一點，我便知道當年的他多了不起。」

　　大喬搖了搖頭道：「你，是永遠比不上孫策的，小霸王的腳步太快，你根本追不上。」

　　「還記得當年屠戮江東世家的舉動嗎？那確實是他在心中掙扎之下做的洩憤之舉，事後公瑾也花了很長的時間為他善後。」

　　「他掙扎的是，生存的壓力與親愛的弟弟對他的憎恨。」

　　「他為孫家付出了一切，最親的弟弟卻視他為仇讎，世人視他為逆賊，而除了報仇之外，他唯一在乎的就是你了啊。」大喬說出這些時候，臉上冒出淡淡的笑意，心中卻是苦澀的，身處兩個男人之間的她，是唯一能夠了解這兩兄弟之間愛恨情仇的人。

　　「你對孫策的一切舉動，都在他的掌握之中。」大喬喝了口茶觀察了下孫權的反應，孫權臉色淡然地舉起酒杯，「包含你對他安排的狩獵。」

　　聽到狩獵二字，孫權再也無法淡定了，酒杯頓時碎在了手中，「他知道？」鮮血沿著掌紋低落到了

案几上，孫權已無法保持冷靜，藏在心中多年最大的秘密居然不是秘密。

「瞭若指掌，不只是他，一干老臣都知曉真相，直到近期才將此事告諸各自的子弟，並將最後參與的權力交予他們自行決定。」大喬緩緩道出了今日的由來。

「當年，孫策得知你的計畫後，便與周瑜安排好後續的假死，以求周邊混亂，再由他率兵與公瑾掃蕩，但在最後功虧一簣。」

「是妳，妳將箭頭淬了毒。」孫權厲聲打斷了大喬。

大喬淡淡地笑了笑，「是我，若非如此，要我委身別的男人多久我才能等到你？」

孫權瞪大了眼看著大喬，他心中所愛的女人卻害死了最愛他的男人，還讓他以為自己是主謀。

「正常來說，得知自己親弟弟要刺殺自己是件天大的事，但他得知之後卻沒什麼反應，誰叫你是他最愛的弟弟呢，連周瑜都氣到差點直接到壽春將

你殺了，但孫策卻是笑著說本來就打算假死，現在不用另外安排了。」

「在孫策的計畫中，若傷重不治，便由你繼承，但若是康復回歸，則表示漢臣已死，霸王再世，他將與你清算一切。」大喬頓了頓又道：「他壓根不在乎你是想殺了他還是如何，只問老天保不保祐孫家。」

「天祐不祐孫家，我不知道，但他對周瑜及張昭所下的最後一道命令，便是終身不可將計畫透露於你，且要時時鞭策著你，不可耽迷於權色，若你有毀孫家門風，彼皆可取而代之。」

「我花了很久，很久，才讓你在權力的遊戲中淪陷，不愧是孫家的人，即便稱帝之後，也花了不短的時間才讓你沉淪。」大喬起身將孫權帶回了軍營，江邊的朝陽冉冉升起，諸多的船艦裝滿了輜重。

「我照你的計畫嫁給了孫策，身上卻多了世俗禮法的枷鎖，我只能望著你卻不能擁有你，原本早該幾年前便帶著你離開，登兒原會是個好的君王，

可惜他走了，而現在有潘皇后在，外戚跟家臣們會照看亮兒，我是時候為自己著想了。」

「帶兵出征時，我不能送你。」

「傷病臥床時，我不能看照你。」

「兒女啼哭時，我不能哄帶他們。」

「後宮爭鬥時，我甚至不能參與。」

「我能做的，一直以來都是觀望，連關心都不被允許。」

「年華已老，時日無多，我們都老了，但我還是如此的在乎你，剩下的日子，就讓我自私地擁有你吧。」

朝陽升起，大喬從孫家兄弟的影子中走進了陽光，三千名從孫家老臣而來的親兵排列在身後，此時的大喬散發出的是小霸王的氣魄。

「來吧，我們的下半輩子，不會有人知道我們的名分。」

全文完

班長、黑貓與不良少年

4-1

作者：語雨

　　白欣艾，十五歲，是普通的班長。

　　眼鏡和麻花辮是白欣艾的正字標記，維持優秀成績，保持誠實正直是她的行動準則，美中不足的是缺乏運動神經，這也不失為可愛少女的形象。

　　雖然十分懼怕暴力，但擁有十足的正義感，為了朋友和同學總會勇於挺身而出，攔在霸凌者的面前。

　　從老師那邊得知，今天會有新同學加入，這位同學錯過開學典禮，白欣艾心想此時班上小圈圈已經粗略成形，如今才加入班級，一定會有很多辛苦的地方，身為班長的她要幫助新同學盡快融入班級才是。

　　等了一節課，新同學沒有到校，詢問導師也沒得到回答，在第二節上課時，校舍外忽然起了騷動，班導接到電話後匆匆趕出去了，此時白欣艾心頭掠過一絲不安，過了半節課，班導回到教室宣佈有新同學加入。

　　跟著......有龐然大物走進教室了。

　　高高的個頭幾乎要頂到天花板，身材十分壯碩，給人喘不過氣的壓迫感，兩頰旁邊的顴骨相當突出，額頭還有可怕的疤痕，瞳孔相當小，使得目光銳利而森冷，嘴巴又寬又闊，感覺裡面會有一排尖銳的牙齒，隨時會伸出又粗又長的舌頭。

　　那是猛獸，有猛獸站在講台上。

　　白欣艾的腦袋一片空白，教室本來是絕對安穩、和平的空間，如今卻混入了異物，令全班陷入恐怖深淵。

　　只見那頭猛獸開口了：

　　「大家好，我的名字是蘇竹涼，因為家長工作的緣故今天才得以加入班級，喜歡花草和樹木，在國中時是園藝社。」

　　喜歡花草和樹木？也就是說違抗自己的人全要埋進土裡，當作花草樹木的肥料嗎！

　　「雖然喜歡花草，不過其實我最喜歡動物，如果這所學校有飼育社的話，十分期待可以加入。」

說是要進入飼育社，其實是把全班同學都當作飼養的豬隻，同班同學只能像是待宰的豬任由人類予取予求。

「討厭的事是暴力，是個生性害羞和安靜的人，希望可以跟大家好好相處。」

這副長相竟然說討厭暴力，就算周星馳也想不出這種離譜的笑話，一定是威脅全班同學，別逼自己動用暴力，不然就會見血！

這就是新同學嗎？

這副面容、這個體型！想要稱為高中生都很勉強，結果竟跟自己是同年！

光聽自我介紹，可能會認為對方是個溫文儒雅的好人，不過這種台詞配上這副長相卻給人一種毛髮直立的驚悚感。

仔細一看，這位新同學的制服上竟然有血痕，手臂纏繞繃帶，還有擦傷，難道是在上學前就進行一場喋血的殘殺嗎？

濺血的流氓！

　　白欣艾因為豐富的想像力而撲簌簌地顫抖，猛獸自我介紹完後，目光掃視整個班級，似乎對同學間蔓延的恐懼感到興奮。

　　最恐怖的一幕出現了，猛獸的嘴角裂開到耳際，展現了令人心膽俱裂的邪惡微笑。

　　白欣艾的眼白一翻，咕咚一聲，直接從椅子摔下，昏倒在教室地板上。

　　　*

　　「小雨，那真的是轉學生嗎！」

　　「太近了，太近了！白同學必須加上老師才可以。」

　　「比起今天的那個，這種事情根本不重要！」

　　「不、不重要嗎？」

　　班導不禁失落的垂下肩膀。

　　一年甲班的導師，丁柔雨老師，入校三年，長有一副童顏，個子又矮，乍看之下不像成年人，是有點迷糊，看起來怯生生的年輕女性，今年第一次當班導，常常被班上同學耍著玩，通稱小雨。

　　從保健室清醒，確認所經歷的並不是惡夢後，白欣艾直衝導師室，對著小雨質問。

　　「讓那個猛獸進來班級好嗎？」

　　「猛、猛獸？白同學，不可以這樣說同班同學，人家也只是普通......普通的學生而已。」

　　「普通學生？那麼小雨可以直視他的眼睛說教嗎？」

　　「那個......那個啊......雖然蘇同學的臉是可怕了點......那個......」

　　小雨不由得偏過頭去，白欣艾見狀，高聲說：

　　「連老師都對他害怕了，這樣怎麼維持班級秩序？現在跟學校交涉吧，不可以讓那頭猛獸進來學校！」

　　「白同學雖然這麼說，可是這裡是公立學校，只要有相應的學歷，以及通過入學考試，誰都可以來就讀，更何況蘇同學什麼壞事都沒做。」

「等到做時就來不及啦！那時男生會成為橫行街頭的惡棍，女生則是變成猛獸的禁臠！小雨這麼可愛，一定會被抓起來那樣這樣翻過來倒過去！」

「什麼那樣這樣？啊！那、那那個，白同學不是有意這樣說的！」

小雨老師說到一半，猛然一震，開始結結巴巴，白欣艾正疑惑間，忽然眼前一黑，感覺烏雲照頂，轉頭一看，當場發出尖叫。

「呀呀！猛猛猛猛獸！」

那片烏雲正是話題中的新同學——蘇竹涼。

白欣艾的臉色化為蒼白，倒在小雨老師的身上，兩個女生抱在一起瑟瑟發抖，從畫面上看，完全就是猛獸面前待宰的羔羊。

「老師……我是來補交國中學籍資料，還有戶籍影印本和身份證影印本。」

「啊……喔喔。」

愛 隔離

　　小雨老師伸出發抖的手接住文件夾，蘇竹涼忍不住苦笑，這抹笑恐怖到又讓小雨老師發出「噫」地一聲。

　　「文、文件已經確認完畢了。」

　　「謝謝老師，老師再見。」

　　「等等！」

　　見蘇竹涼很乾脆的離開，白欣艾忍不住大喊，對方停下腳步。

　　「你來這間學校有什麼目的？這間學校是升學高中，都是些優等生，沒辦法陪你逞兇鬥狠！」

　　「我從來沒想過要逞兇鬥狠。」

　　「不想……我知道了，你的目的是支配吧！因為這邊沒有可以反抗你的學生，所以你就可以在這裡為所欲為！」

　　「我討厭暴力，只想和大家好好相處。」

　　「你把我當笨蛋吧！絕對是瞧不起人才會說這種騙人的鬼話！討厭暴力？你的臉就是暴行，那混濁的眼神像是視生命如草芥，牙齒像是隨時會咬人

一樣，弄得這麼可怕的模樣就是要以享受同學的恐懼為樂吧？」

「那個……老師覺得這樣講同學有點超過耶……」

這時蘇竹涼側頭望了白欣艾一眼，由於眼神太過恐怖，白欣艾和小雨老師不禁發出恐懼的呻吟聲。

「就、就算瞪我沒用，身為一年甲班的班長，我可不會屈服。」

蘇竹涼只是嘆了一口氣，離開了導師室。

*

蘇竹涼，十五歲，是個普通人。

在國中時身高高達一米九，升上高中後更超過了兩米，額頭上的傷痕是小時候從樓梯跌倒，不過這傷痕卻令相貌添加了兇惡感。

雖然長得相當猙獰可怕，不過內在卻是極為普通、擁有正常道德觀的學生，從沒有打過架，在公車上會禮讓老人，連闖紅燈都沒有的少年。

 隔離

從小就因為恐怖的外表而遭受排擠，儘管沒有人欺負他（或是太可怕沒人有勇氣欺負他），只要稍微接近同學，女生就會尖叫大哭，男生則是會跪地奉上錢包，直到國中才好一些。

國中時加入園藝社，心想照顧花草的學生多少會有溫柔的心，不會因為外表而歧視別人，結果他加入的當天，所有園藝社社員馬上退社了。

即使如此，直到畢業時，蘇竹涼還是一個人進行社團活動，將園藝社的花草照顧得很好，是個不可多得的好人。

升上高一時，因為父親工作搬離原本的學區，換了一個新環境，蘇竹涼的目標是至少交到一個朋友，在入學前反覆擬定自我介紹的台詞，務必要讓新同學留下好印象，還對著鏡子練習了笑容。

沒想到會錯過了開學典禮，蘇竹涼比新生晚好幾天入學，然而，禍不單行，入學的那一天卻遭遇了車禍，幸好身強力壯，總算只是受了輕傷。

蘇竹涼噴著血到校，嚇得警衛拿出警棍，在學校健康中心包紮後，又不顧校醫的阻止，堅持要到

班上去自我介紹，當拼著一口氣，唸完反覆練習的台詞後，就知道事情不好了，因為班上同學臉上只有恐怖。

蘇竹涼終於清醒了，看看自己，不但衣衫不整，手臂還包著繃帶，難怪同學們一副飽受驚嚇的神色，自己究竟在幹嘛啊？

沒事的，還可以挽回， 沒錯，人家說國際共通的語言就是笑臉，自己不是為了這一天，努力在鏡子前面練習了很多遍嗎？

深呼吸了一下，蘇竹涼微微勾起了嘴角，向今後的同學綻放自己認為最迷人的微笑。

「啊啊啊啊啊......」

 隔離

班長、黑貓與不良少年

4-2

作者：語雨

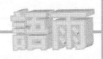

　　教室內尖叫聲四起，最前排的學生整齊劃一的向後倒，有女生當場昏厥，音量甚至驚動了兩個班級，蘇竹涼當場就被兩位男老師壓制在地上，其中一位男老師差點報警，解釋一下狀況，蘇竹涼就被押到訓導處訓誡了一節課。

　　好不容易解釋清楚後，去導師室繳交資料時，又遇見同班的班長，雖然從小到大自己受過不少歧視，不過當面說得這麼過份，蘇竹涼還是第一次遇見。

　　蘇竹涼登時知道了，從白欣艾的態度可見，班上同學對自己的想法大抵也是如此了......

　　滿心期望升上高中後會有所不同，現在這個奢望已經破滅了。

　　　　＊

　　吳良高中陷入恐怖的深淵，教師的臉被塗鴉，桌子被疊成金字塔形狀，女學生躲在角落瑟瑟發抖，不良少年穿著世紀末風格的有刺墊肩，騎著機車闖進校舍，校長和訓導主任倉皇逃生，校園學級開始崩壞了。

　　諸如此類，白欣艾擔心的狀況並沒有發生......

如同普通學生一樣通學,蘇竹涼從來沒有遲到、缺席,抽煙、打架和收小弟之類的小動作更是連影子都沒有。

只不過當他進教室時,教室內瞬息就會鴉雀無聲,所有學生一動也不敢動。

學校教師們感到非常高興,還說從來沒教過這麼有秩序的班級,全體學生都專心上課,連竊竊私語的情形都沒有。

事實上,蘇竹涼仍然一個朋友也交不到,為了讓同學得以喘息,只好在每節下課以及中午時離開教室,一個人在校園閒逛。

最近中午時,蘇竹涼走出教室,總會朝著校舍後方的舊倉庫前去,那舊倉庫屬於閒置設施,除了打掃時間外,連校工都不會到這裡來。

到了舊倉庫後方,蘇竹涼吹了幾聲口哨,一隻黑貓從校外延伸進來的樹枝上出現,那隻黑貓毛髮黝黑,只有貓臉上有著一小片的白色毛髮。

「銀星。」

　　愜意地趴在樹枝上頭，黑貓喵的一聲算是回應了，蘇竹涼笑了笑，仍是恐怖無比的笑容，找出小摺椅拿出便當，一屁股坐下來。

　　最近中午午休之時，蘇竹涼總是與黑貓在這裡相會，一面吃飯一面聊起今天在學校發生的事，黑貓也像是聽得懂人話似的，隨聲附合。

　　「……只是走過去而已，那女生就嚇哭了……對了，今天老媽做了竹夾魚，要不要一起吃啊？」

　　「喵……」

　　「吼啦！給我住手！」

　　一聲斥喝，一名女學生走出來，她戴著眼鏡、拖著兩條麻花辮子，正是同班班長——白欣艾。

　　「你、你想要對老大做什麼？」

　　「老大？」

　　「這孩子是附近的貓老大……你你你要幹什麼？餵毒給老大嗎？」

　　「不會餵毒。」

　　「難、難道想抓住老大做火鍋嗎？」

　　「不會做火鍋。」

「我知道了！是想剝皮後做成圍巾吧，太殘酷了，怎麼可以這麼殘忍！」

看著白欣艾一面發抖一面做出莫須有的指責，蘇竹涼忽然覺得這女孩很有趣，明明很害怕，卻又為了貓咪站在自己面前。

黑貓朝著兩人張望，好像明白了自己是爭吵的原因，喵地一聲，輕巧的跳上了牆頭，一下子就消失了身影。

「啊……唔唔唔……」

感覺像是糖果就在面前被收走的孩子，白欣艾戀戀不捨的看著黑貓消失的方向，用力瞪了蘇竹涼。

「白同學？」

「我可是隨時在監視你，只要你一做壞事，我立刻就會報告上去，一定把你趕出校園。」

白欣艾氣沖沖的走了，午休結束的鐘響起，蘇竹涼發現便當還沒吃完。

放學的鐘聲響起了，蘇竹涼今天仍然沒跟任何人說話，憂鬱地前往學校附近的公園散步，走到轉角處時，發現對面有奇怪的聲音。

「老大不乖喔，不可以去接近那種人，你會被做成火鍋、圍巾的，喵喵♡好乖好乖♡乖貓咪，老大，喵喵♡，身體好軟，喵喵♡毛茸茸的。」

蘇竹涼看見了不可思議的畫面，印象中總是在生氣的白欣艾正一臉陶醉的擼貓，那隻可憐的黑貓正是銀星。

銀星一面呻吟著一面掙扎，不愧是貓老大，紳士風度很高，即使貓臉上都是厭惡之色，也絕不會伸爪去抓女孩子。

不知該如何反應，蘇竹涼呆呆站在原地看了良久，下一刻，白欣艾抬起頭與蘇竹涼對視了。

「你你你你看了多久了？」

「三分鐘。」

「嗚──嘎哇啊！被看見羞恥的地方了……變態啊啊啊！」

霎時白欣艾整張小臉脹得通紅，發出謎樣的尖叫聲後，像是貓咪一樣逃跑了。

「有變態！竟然看少女羞恥的地方！」「果然是一臉壞相！世風日下啊！」「警察北北，就是那

個人！」「這麼凶惡的長相不能放過，必須趕快抓住才行！」

緊接著，偏僻的角落冒出了上班族小姐、黝黑的工人、肥胖的正義之士和制服沾了樹葉的警察北北，蘇竹涼一下子被壓制在地，正義之士還過來補腳，解釋了好久才得到釋放。

翌日。

午休時段，離開教室，蘇竹涼察覺某個人偷偷摸摸跟在後方，還看見了裙子和麻花辮從掩蔽物跑出來，真是爛到出汗的跟蹤技巧。

蘇竹涼只能佯裝不知，如往常走向舊倉庫，只聽貓叫聲，銀星已經悠閒的趴在樹枝上頭，隨即貓眼一轉，直盯倉庫後面的可疑身影。

「我也不知她要幹嘛，先不理可以嗎？」

「喵喵？喵喵喵，喵喵喵，喵喵。」

「說得也是，之後會更麻煩......啊，出來了。」

「唔唔唔......」

白欣艾一臉遲疑，舉步艱難的走出來，張口欲言又止。

「有什麼話想說，又是來監視我的嗎？先說好了，我跟銀星是三個月的交情了，才不會傷害牠。」

「哼，誰知道呢……不、不對不對……我、我問你為什麼沒說出去？」

「欸？說什麼？」

「就是昨天我……我……那個我……」

「喔，就是一面喵喵叫一面摩擦銀星嗎？」

「不、不要講得這麼明！」

白欣艾背對著蘇竹涼，抱著頭蹲在地上，小小的耳朵已經變得通紅了。

「為、為什麼不當作把柄來威脅我，今天上課時我一直在害怕，結果你什麼都沒有說，也沒有過來接近我。」

「這是鬧哪樣？那能成為把柄嗎？」

如果妳不幫我買 H○llo Kitt○限量版娃娃，我就把你在公園一面淫笑一面摩擦銀星的噁心模樣說給同班同學聽。

蘇竹涼腦袋浮現如此愚蠢的想像。

「不良當然不懂，人家可是有班長的威嚴要維持。」

「噗哧⋯⋯呵嘻⋯⋯」

「笑什麼笑！你這個野獸、不良！沒有肉和生菜的漢堡包！」

那不就是普通的麵包嗎？

蘇竹涼噗哧哧地笑不停，不過笑起來仍然有如肉食性動物般的恐怖，白欣艾嚇得臉色發白，不禁退後幾步。

見對方害怕了，蘇竹涼收起笑容，正色道：「雖然很煩，不過我還是重申一遍，我不是不良少年，只想和大家好好相處。」

「謊言騙不了我這個班長的，不要當班長是塑膠。」

「喵喵喵，喵，喵喵喵，喵喵喵喵⋯⋯喵喵！」

這時銀星從樹上跳上圍牆，揮舞著貓咪拳，對著白欣艾喵喵叫。

「銀星⋯⋯謝謝你為我辯解，我好感動。」

「喵。」

蘇竹涼溼了眼眶，銀星抬起貓爪揮了揮，一人一貓沉浸在無聲的情誼之中。

「好可愛！」

沒對蘇竹涼聽得懂貓語吐嘈，白欣艾一把抱住銀星開始磨蹭，銀星發出了不悅的呻吟，仍然沒有用爪子攻擊對方，真是有紳士風度的貓老大。

班長、黑貓與不良少年

4-3

作者：語雨

　　磨蹭銀星好一會兒，白欣艾問道：「銀星那是你取的名字嗎？」

　　「是啊，因為牠臉上有一塊白色的毛髮，那是......」

　　「烏鴉大隊長銀星。」

　　「原來妳也看過西頓動物故事集嗎？我很喜歡那篇故事呢。」

　　「區區一個不良少年竟然看過經典。」

　　印象的不良總是沐浴在鮮血和暴力之中，因此白欣艾詫異不已，開口問：「那你是怎麼跟銀星認識的？」

　　「唔......幾個月前我看見銀星為了保護小貓跟大狗對抗，把那隻狗給趕走後就跟銀星交上朋友了。」

　　白欣艾聽了陷入沉默，盯著蘇竹涼看，蘇竹涼被看得有點發毛。

　　「好吧，既然有老大袒護你，我就稍微相信你不會在學校做壞事，至於你在外面販毒、暴力討債和殺人放火之類的事，自然有公權力制裁你。」

「我才沒有做！」

「不過還是要監視你，首先我要跟銀星一起吃午餐。」

「與其說是監視，根本以自己的欲望為優先！」

就這樣，蘇竹涼在中午吃飯時多了一位夥伴，而班長白欣艾以非凡勇氣，近距離監視校園流氓，阻止他做壞事，聲譽緩緩上升中。

很快的冬天來了，下學期也經過一個月，今天蘇竹涼如往常來到舊倉庫後卻沒見銀星現身，他聳聳肩就拿出便當來吃了。

偶爾會有這種情形，身為貓老大可是很忙的。

不到一會兒，白欣艾出現了，晃頭晃腦左看又看，見現場只有他一個人，「呿」的一聲，踢了蘇竹涼小腿一下，要對方讓出一點空間，然後毫不客氣地坐下。

「你的態度是不是越來越隨便了。」

剛剛開學那一陣子，更像容易受驚的兔子，稍微靠近一點就會咧嘴齜牙。

「不喜歡嗎？」

「倒是不會。」

「原來是被虐狂。」

「才不是！」

其實蘇竹涼感覺有點高興，這樣的對答不是有點像朋友嗎？

不過實在不想說出來，怎麼想都會被對方嘲笑……

在午休時間的說說聊聊，是蘇竹涼相當重視的時光，托白欣艾的福，最近班上的氣氛也不再緊繃，自己是不是太容易滿足了？

午休結束後，正專心上課時，忽然之間，大量的貓叫聲從校舍外傳來，蘇竹涼坐在最後一排靠窗外旁邊，往外一看，黃貓、白貓和花貓，許許多多貓咪在馬路對面聚集，其中最引人注目就是臉上有一圈白毛的黑貓。

「好多貓啊。」

「真的，好可愛。」

可愛貓咪的集會讓班級起了騷動，好幾名學生站起身子靠近窗戶，其中最顯眼的是拖曳著兩條麻

花辮子的班長，只見她死死貼緊窗戶，連口水都快流下來了，讓老師不得不出聲制止。

「老師，我的肚子忽然非常痛！」

就在這時，蘇竹涼站起身子大喊，還沒等到老師回應，起步就往門外跑出去，行動低調的蘇竹涼從來沒有這麼顯眼的舉動，教室所有人都很驚愕。

「那傢伙擺明是蹺課，老師，我要把他抓回來。」

「等、等一下，白同學……」

說著，白欣艾也飛奔著離開教室，通過走廊後，馬上看見蘇竹涼的背影，果然沒有往廁所的方向走。

「發生什麼事了？」

「妳、妳怎麼也跟著出來了？快回去。」

「我說過要監視你的，就算趕我走也沒用，你說什麼我都不理。」

面對白欣艾灼灼的目光，蘇竹涼嘆一口氣，終於開口說：「只不過是直覺，但是我覺得銀星有麻煩了。」

「果然是這樣，那我們快點走。」

「咦？其他的妳不問嗎？」

　　白欣艾展現了信任，加快腳步，這讓蘇竹涼相當訝異，也覺得有點感動。

　　　　＊

　　來幫助朋友不需要理由，從窗戶看見銀星顯得既焦急又心慌，失去平時的從容，等到白欣艾回過神來，蘇竹涼已經找藉口衝出教室了。

　　「銀星，我們來幫你了。」

　　走進學校側門旁的空地，蘇竹涼當下就朝著銀星開口。

　　「發生什麼事了？」

　　銀星圓睜貓眼，顯得十分驚訝，聽見問話，那雙貓眼咕嚕嚕的轉動，視線轉到身後的黃貓身上。

　　「是琥珀呢，以西區為地盤活動的貓咪，今年生了四隻小貓，丈夫破耳可是這一帶體重最重的公貓，除了銀星以外，誰都打不過。」

　　蘇竹涼越聽越驚訝，心想難道這位貓痴班長把附近野貓的情報全記起來了？

剛才就有好幾隻野貓過來銀星面前，像是在報告似的喵喵叫，又匆匆離去，感覺是在找什麼，而黃貓今年剛生了小貓，為什麼又不在孩子身邊？

「琥珀的孩子不見了？」

白欣艾一下子就道出最糟糕的想像，銀星發出沉重的叫聲，兩人都知道猜對了。

剛出生的貓沒體力，現在又是冬天，如果跑出去迷路的話，很容易就會死。

「銀星，貓咪不方便進出的地方就由我們去找了。」

白欣艾和蘇竹涼異口同聲，銀星貓眼露出感激的光芒，長長叫一聲，兩隻貓咪飛快的跑出去。

「銀星派貓咪去通知其他貓了，如果有狀況的話，只要找附近的貓咪就可以通知銀星，我們兩個分頭去找吧。」

「知道了，我先從西區商店街那邊找，美食百貨附近就麻煩你了，記住，小貓毛色是兩黃一花一白。」

白欣艾還沒等回答就逕自跑了出去，小貓出事，身為貓迷比任何人都還要擔心。

　　進入商店街,白欣艾一家一家的跑進商店詢問,當從文具店出來時,因為太過著急,一時沒注意,「嘿」地一聲,撞到路人,兩人摔倒在地上。

　　「抱......抱歉,老、老師?」

　　「誰啊?都沒有看路......咦?白、白同學嗎?」

　　發現撞倒的女性竟然是班導——小雨老師,白欣艾瞪大眼睛,轉身就要離開,小雨老師連忙抓住她的手。

　　「現在是上課吧,白同學為什麼會在這?」

　　「那個......那個,這是有很深的理由,總之我現在很忙!」

　　「蹺課了嗎?完蛋了!被蘇同學帶壞,白同學變成不良少女了,以後會畫著像是山姥的妝,穿著很辣的衣服,一面吸煙一面打嗝。」

　　「那是什麼奇怪的形象?總之先放開我,現在沒空跟小雨玩,」

　　「才、才不是跟妳玩,要叫我老師啦!」

小雨老師蹲在地上，使出吃奶的力氣拉住白欣艾，畫面上，就是想買玩具而盡全力拖住父母的耍賴小孩一樣。

然而，白欣艾陡然停止腳步，小雨老師沒留神，「咚」的一聲，後腦杓重重撞在地面，痛得淚珠在眼眶打轉。

「白同學……怎麼？」

「吼啦！你們在幹什麼！」

白欣艾十五歲，生平第一次這麼憤怒，打從胸口升起怒火。

文具店面前是一塊空地，空地內是聚在一起玩樂的數名高中生，而玩樂的對象正是四隻小貓。

白欣艾一眼就認出來了，那是黃貓琥珀的孩子，剛出生時還對牠們拼命拍照，絕對不可能弄錯。

雖然不至於用踢的，但是拉著牠們的前腿轉圈圈，抓住後腿讓小貓倒著走路，那群高中生盡情耍弄那些剛出生不到三個月的小貓。

隔離

班長、黑貓與不良少年

4-4

作者：語雨

「竟然敢這麼做！欺負弱小動物還算是男生嗎？你們這群厚顏無恥的壞蛋，欺善怕惡的雜碎！無恥下流的骯髒東西！」

白欣艾的雙眸佈滿紅絲，怒火燒得理智全無，沒有細想，痛罵的話就衝口而出。

然而，白欣艾痛罵的對象卻是貨真價實的不良學生，也是口中欺善怕惡的雜碎，對於惡質的欺負小貓這件事絲毫沒有罪惡感，只是在玩樂途中，忽見有名女生過來，又叫自己雜碎，又罵自己厚顏無恥，就算是佛也會發火。

「嘴巴不乾不淨說什麼鬼！」

啪的一聲，巴掌賞在臉上，白欣艾的臉龐立刻就紅腫了，她只是瞪圓了眼睛，怔怔看著對方，像是不明白發生什麼事。

「不可以！不可以打女孩子，我是吳良高中的老師，你們是哪個學校的？」

「老師……」

小雨老師擋在白欣艾前面，展現出學校老師的威嚴，這時白欣艾才懂得害怕，恐怖得雙腳不停地顫抖。

雖然每次都會為了對抗不公義站出來，可是白欣艾原本就是十分懼怕暴力的女孩子，更何況這是她第一次受到直接的暴力。

「老師？小不點說什麼鬼話，國中生不准對大人指手畫腳，閃一邊去！」

「啊！不可以扯老師的頭髮！你們這些壞孩子......不要......」

眼見老師陷入危機，白欣艾的頭腦一熱，被恐怖禁錮的雙腳登時解放，用力撞在那名不良少年身上，對方一時沒防備，放開小雨老師的頭髮，被撞倒在地上。

「老師趕快去求救，全是我的錯，是我太魯莽了！」

在白欣艾大喊之間，那名不良少年被朋友狠狠嘲笑一頓，惱羞成怒的大喊：「臭八婆，幹！沒見過壞人，以為我不會動手打女人是吧！」說著掄起拳頭就要揍人，千鈞一髮之際，那隻手臂被握住了。

「你、你這傢伙是誰啊？」

不良少年轉頭一看，頓時嚇呆了，他看見今後會一直出現在惡夢中的臉孔。

因為過多的眼白而顯得眼神十分陰冷，額頭的傷痕更添兇暴，最具有壓迫感的是那超過兩米、充滿威脅感的高大身材。

「濺血的老大......我認得他，他是吳良高中的濺血老大！」

其中一名不良少年指著對方大喊，另一名高中生將路旁的玻璃瓶拿起來打碎，用著碎玻璃指著蘇竹涼顫聲道：「怕什麼？我們可是有三個人！」

「喔～～」

蘇竹涼緩緩地笑了，那抹猙獰的笑容讓被抓住的不良少年發出「噫噫噫！」的哀號，那兩名不良少年也害怕得退後兩步。

喵～～～～

「怎麼回事……是貓咪的叫聲！」

從某處傳來貓叫聲，一聲兩聲，只聽叫聲越來越多，越來越響……黃的、白的和黑的，從牆壁、樹上和馬路邊出現一隻又一隻的貓咪，不良少年開始撲簌簌的顫抖，神色顯得驚恐異常。

「這到底是怎麼回事……」

「吶……為什麼……」

數量眾多的貓咪包圍了現場，一雙雙貓眼盯著三名不良少年，「鏘」的一聲，不良少年手中的碎玻璃瓶掉落了，眼眶湧上驚恐的淚水，蘇竹涼鬆開了手，那名不良少年腳軟的倒在地上。

喵——

站在最前方的黑貓高叫一聲，在場的野貓們張牙舞爪，一擁而上。

「哇！救命啊！」

「不要抓我！好痛啊！濺血的老大會使役貓群！」

「我再也不敢，媽媽！惡魔老大好可怕！」

三名不良少年被抓得屁滾尿流，一面哀號，連滾帶爬地離開現場。

危機遠去，小雨老師和白欣艾忍不住相擁，跪倒在地面。

「沒、沒事了，啊，小貓！」

確認兩人沒受傷後，蘇竹涼轉身只見四隻小貓全身癱軟，像是睡著一樣動也不動，查看有無心跳後，稍稍鬆了一口氣。

「我要將小貓送到獸醫那邊⋯⋯老師，對不起，麻煩你送白同學回家。」

「不，我要去。」

「老師也一起。」

白欣艾的臉龐梨花帶淚，仍堅持要一起行動，蘇竹涼在空地找了空紙箱，鋪了報紙，小心翼翼的將小貓裝進紙箱，由小雨老師叫了計程車。

「我會好好的照顧小貓，你們放心吧，銀星。」

　　蘇竹涼半跪在地上，拍拍銀星的身子，耳朵有殘缺的大公貓和黃貓琥珀在紙箱外戀戀不捨地繞了幾圈，最後在銀星的長叫聲，與眾多野貓離去。

　　在計程車中，小雨老師知道了兩人是為拯救小貓行動，向即時趕來的蘇竹涼道了謝，但是免不了一陣說教。

　　到獸醫院診療後，知道小貓只是受到驚嚇和疲憊，並沒有受傷，從頭到尾都沒說話的白欣艾終於哭出來了。

　　「對不起！嗚嗚……小貓沒事了……蘇同學對不……起……我一點都沒派上用場……老師對不起，我害老師陷入危險……對不起……」

　　「不、不是，都怪老師太沒用了……保護學生是老師的責任……嗚嗚……」

　　白欣艾嚎啕大哭，慌慌張張的小雨老師，不知道為何也陪著一起哭了。

　　「白欣艾……妳絕對不是沒用，妳很了不起的。」

　　將手掌放在白欣艾肩膀上，蘇竹涼很誠懇的說：

　　「很多人因為害怕而提不起勇氣，可是你今天即使害怕，仍然勇於對抗那群人，所以你大可以自豪。」

　　「蘇同學……哎呀！蘇竹涼同學！？」

蘇竹涼忽然跪倒在地上，白欣艾好不容易才撐住人高馬大的身體。

「腿軟了，其實剛剛我害怕得不得了，連一句話也說不出來，所以我真的很尊敬白同學，因為你可以站出去對抗那種人。」

「咦？蘇同學不是很常面對這種場面嗎？」

「那種場面對我來說也是初體驗，我從來沒有打過架。」

「騙人！難道蘇同學不是不良少年......」

「我已經重申過好幾遍了。」

白欣艾眼神中充滿不敢置信，不過蘇竹涼在這種場合說謊根本沒有意義，她不由得想起這半年來說過種種失禮的話，把蘇竹涼當作不良少年、流氓老大，說他想支配校園，還很囂張的說要監視他。

「嗚哇哇......對不起......我一直誤會蘇同學了......」

白欣艾臉色一下子刷白，為自己曾說過的話和行為感到羞恥不已。

「哈哈，白同學很有正義感嘛，即使你很害怕，仍然站在我面前，說要來監視我藉此保護同學，我很尊敬這點，還有這種鈍鈍的地方，我也很喜歡。」

「喜歡？謝謝，蘇同學剛剛救我時，感覺也很帥。」

 **隔離**

在說出口後，白欣艾用泛淚的雙眸望著蘇竹涼，忽然心跳開始加速，不由得疑惑的捧住胸口。

「第一次有人說我帥，白同學還能走路嗎？我們還得向銀星報告小貓們沒事，只是需要住院幾天。」

看向伸出來的手，白欣艾忽然覺得蘇竹涼非常耀眼，心跳更是停不下來，感覺要跳出胸口了。

「那、那個......我一定會幫蘇同學解除班上的誤會。」

「真的嗎？我可是會期待喔。」

蘇竹涼冽嘴笑了，雖然笑容依舊很恐怖，白欣艾卻不覺得畏懼了，甚至感覺對方很可愛，兩人牽著手，一起走向出口。

「欸，你們是不是忘記老師了......」

在背後的小雨老師可憐兮兮的說著。

蘇竹涼和白欣艾不知道的是，明天回學校時，濺血的惡魔老大會使役眾多野獸收割善良人們的性命，這個謠言將會傳遍學校。

看來解除謠言，還得需要一段時間了。

國家圖書館出版品預行編目資料

愛 隔離 / 安塔 Anta、葉櫻、澤北、語雨　合著
–初版–
臺中市：天空數位圖書　2022.03
面：14.8*21 公分
ISBN：978-986-5575-87-8（平裝）

863.55　　　　　　　　　　　　111003263

書　　　名：愛 隔離
發 行 人：蔡輝振
出 版 者：天空數位圖書有限公司
作　　　者：安塔 Anta、葉櫻、澤北、語雨
製 作 公 司：傑拉德有限公司
美 工 設 計：設計組
版 面 編 輯：採編組
出 版 日 期：2022 年 3 月（初版）
銀 行 名 稱：合作金庫銀行南台中分行
銀 行 帳 戶：天空數位圖書有限公司
銀 行 帳 號：006-1070717811498
郵 政 帳 戶：天空數位圖書有限公司
劃 撥 帳 號：22670142
定　　　價：新台幣 300 元整
電子書發明專利第 I 306564 號
※　如有缺頁、破損等請寄回更換

天空家族 Family Sky
Conglomerate

服務項目：個人著作、學位論文、學報期刊等出版印刷及DVD製作
影片拍攝、網站建置與代管、系統資料庫設計、個人企業形象包裝與行銷
影音教學與技能檢定系統建置、多媒體設計、電子書製作及客製化等
TEL　：(04)22623893
FAX　：(04)22623863　　MOB：0900602919
E-mail：familysky@familysky.com.tw
Https　：//www.familysky.com.tw/
地　址：台中市南區忠明南路 787 號 30 樓國王大樓
No.787-30, Zhongming S. Rd., South District, Taichung City 402, Taiwan (R.O.C.)